Escríbeme Un Lienzo

Varios Autores

Primera antología de Atacama Press

Atacama Press

Primera edición: Enero 2015. Atacama Press, Dallas, Texas, Estados Unidos.

editorial@atacamapress.com • www.atacamapress.com

Edición literaria: Claudia Martínez Echeverría

Diseño de portada: Kristha Archila

Diseño y diagramación de interiores: Atacama Press

ISBN-13: 978-0692358757

ISBN-10: 0692358757

"El lector puede ser considerado el personaje principal de la novela, en igualdad con el autor; sin él, no se hace nada."

Elsa Triolet

CONTENIDOS

SOBRE ESTA ANTOLOGÍA

(O las razones detrás de las acciones)

La llegada a Texas con mi familia fue de un momento a otro, no pensábamos mudarnos de Costa Rica antes de cinco años. Sin embargo y como suele suceder, la vida nos tendió otro camino por delante. La sensación fue, entonces, de dejar ese pequeño país un tanto a la carrera, para aterrizar en el aeropuerto de Dallas, Texas, cuatro horas más tarde, con muchísimas maletas e incertidumbres.

Recuerdo que a los pocos días de haber llegado, cayó una tormenta de hielo y yo, que soy nacida y criada en el desierto, no sabía qué hacer ni qué pensar. Mi segunda impresión de Carrollton, la ciudad donde vivimos, fue de un extraño silencio. Extraño en el sentido de artificial, como de tubo cerrado al vacío. Era como si la naturaleza se hubiera silenciado por completo y solo persistía en mí la nostalgia y el sonido de la selva feraz de Costa Rica. Sentí una pérdida, en aquel momento, de esa mujer un poco salvaje que era yo cuando vivía más cerca de la madre Tierra. Pero además acusaba la renuncia a la fémina ilustrada, la que por fin –luego de años en la ex Yugoslavia– había recuperado en San José, su idioma materno.

Así me iba, del castellano de Costa Rica al inglés de Texas. Y no estaba el proceso exento de dolores. Pero para mi alegre sorpresa, descubrí muy pronto que estaba equivocada en esta apreciación. Durante mis primeras excursiones al supermercado, a la zapatería, al doctor, se me presentó una realidad muy diferente. Texas era inglés, sí, pero también era español. Me había preparado para un largo duelo, de extrañar mi idioma y sentirme aislada; sin embargo, lo que tenía frente a mí eran infinitas posibilidades... ¿qué tal si encontraba un taller literario en español? Llevaba años de sequía luego de haber terminado la novela Rictus y deseaba con ansias volver a las letras.

Cada semana hacía una nueva búsqueda para encontrar ese espacio de creación en mi lengua. Al inicio del tercer año sin resultados, el entusiasmo empezó a decaer. Y ante la continua ausencia de opciones, me vi frente a una encrucijada: renunciaba a la búsqueda o abría un taller propio. Opté por lo segundo, muy fiel al espíritu emprendedor de las mujeres de mi familia. De tal manera nació Atacama Press, con el fin de apoyar la creación literaria y la lectura en español en el área de Dallas, Texas. Primero fue "Página Colmada", las clases de escritura creativa que diseñé echando mano de mis estudios de Magíster en Literatura en la Universidad de Chile; mi experiencia como alumna de las escritoras chilenas Guadalupe Santa Cruz y Marta Blanco, y de la española Berna Wang; y sumando el Taller de Escritura Creativa de la Universidad Complutense de Madrid, del cual participé como alumna becada.

Con estas ideas y una amplia sonrisa, me decidí a promocionar las clases. Pero ¿dónde las anunciaría? Conocía poquísima gente. Pero así como la idea me había venido fuerte y clara una tarde de verano del 2013, así también encontré las maneras de llegar a mis futuros alumnos. O ellos me encontraron a mí. De aquello ha pasado más de un año y Atacama Press se volvió una realidad, a través del taller "Página Colmada"; la revista sobre literatura y promoción de la lectura "La vuelta al Libro"; y nuestro Club del Libro, que se reúne una vez por mes y crece a pesar de todo pronóstico negativo.

Y como si el mero hecho de existir no fuera suficiente prueba de nuestro temple como grupo, surge ahora esta antología, en la que participan los alumnos de "Página Colmada" y los colaboradores de "La vuelta al Libro". De más está decir que mi agradecimiento a los alumnos y colaboradores es infinita y se ha traducido, en lo personal, en la escritura de un libro de relatos y una nueva novela, marcando así el fin de mi sequía.

Como fundadora de Atacama Press y modesta guía de estos autores, no puedo estar que más orgullosa de los relatos que han producido. He sido testigo de las horas y dedicación que han destinado a la antología y les felicito por su perseverancia y talento. Estos autores, a la vez, se han convertido en grandes amigos y compañeros de letras.

Andrea Amosson
Directora de Atacama Press

VALERY ABREGÚ

A finales de los setentas, en una pequeña y fría ciudad del Perú, nacía Valery. Su carácter juguetón y aventurero se hizo evidente desde muy pequeño cuando en más de una ocasión desaparecía de casa poniendo en alerta a toda la familia que presta salía a buscarlo. En una de esas tantas aventuras y contando ya once años, subió a lo alto del Santa Bárbara, uno de los muchos cerros que rodean la ciudad y ahí, en la cima y contemplando la majestuosidad de la naturaleza que tenía frente a sí, se le ocurrió una de sus primeras historias: una donde gigantes luchaban hasta que caían unos sobre otros para dar formar a esas frías montañas.

Concluida la secundaria se mudó a Lima, la capital, para emprender estudios de ingeniería; con la llegada del nuevo siglo comenzó a trabajar como consultor de sistemas informáticos hasta que los azares del destino lo llevaron hasta Dallas, Texas, donde actualmente reside. En el ínterin fue moldeando personajes que hoy se van convirtiendo en protagonistas de nuevas historias.

Soñador, observador y optimista nato, busca dar forma a sus historias transportándose a un mundo donde es el titiritero que controla los hilos de la acción, el suspenso, el amor y la muerte.

Buscar mundos alternativos

Nota del autor

Escribo para —a partir de experiencias que he vivido— construir personajes, aquellos héroes y villanos que sean protagonistas de historias diferentes, inventadas. Al escribir una historia puedo hacer que mi personaje sea el rey más pérfido, aquel hombre sin corazón que un día encuentra el amor y es perdonado.

A veces digo que prefiero la poesía, porque se me hace más fácil expresar sentimientos y es como que te llega la inspiración y los poemas van surgiendo sin mucho pensarlos, pero en el caso de los cuentos necesito concentrarme más y formar en mi mente una estructura de la historia que quiero contar, pensar en los personajes y las situaciones en las que se verán envueltos, en los conflictos que surgirán y, por último, encontrar el mejor desenlace para la historia.

¿Cuándo fue la primera vez que escribí? Si hago un poco de memoria diría que todo empezó en mi adolescencia cuando, inspirado por el primer amor, empecé a escribir notas secretas y algunos poemas que luego de varias mudanzas se han perdido para siempre. A veces he querido recuperar aquellos primeros escritos, una especie de viaje al pasado, para recordar aquellos tiempos.

Tenía la idea equivocada de que solo con la inspiración puedes contar una historia, mas ahora he descubierto que esta difícil tarea que es escribir requiere de mucho esfuerzo, trabajo, dedicación y, sobre todo, disciplina.

Me atrevería a decir que al final mi motivación es la de buscar mundos alternativos en base a historias o poemas, mundos donde mi imaginación vuele y yo me convierta en el aquel ser omnipotente que controla el destino de todos.

En eso estoy, en la ardua tarea de plasmar en papel una historia interesante que sea creíble para cualquiera que la lea.

NEREA

Nerea a sus dieciséis años se movía con soltura entre la gente que a las cinco de la mañana abarrotaba el muelle pugnando por encontrar los pescados y mariscos más frescos. Su cabello, todo hacia atrás y sujeto en una cola, volaba al compás del viento.

Había nacido y vivido siempre frente al mar, cada mañana al levantarse se asomaba a la ventana para divisar el inmenso océano que se abría ante sus ojos. Se concentraba en el horizonte aguzando la vista y se preguntaba si alguien a esa hora en la otra orilla estaría haciendo lo mismo; le gustaba imaginar que sí, que allá a lo lejos había alguien igual de soñador que ella.

Ese día de febrero, mientras caminaba rumbo al muelle, fijó su mirada en las olas y su incesante ir y venir que bañaba la orilla. La imagen de su madre pareció dibujársele por un instante sobre el agua. "¿Será que no he terminado de despertar?", se preguntó, y continuó su marcha. Siempre había visto en sueños a su madre que con las manos estiradas le decía que se acercara a ella y cuando Nerea estaba a punto de alcanzarla, despertaba agitada y empapada en sudor.

—¿Cómo está la muchacha más linda del puerto? —escuchó decir a don Manuel cuando pasó por delante de su puesto.

—Buen día, don Manuel —respondió ella y apuró el paso al darse cuenta de que pronto la gente empezaría a llegar y el pobre Ismael no podría solo con todos.

—¡Deprisa niña, no tenemos todo el día! —le gritó Ismael al tiempo

4

que le alcanzaba una canasta llena de pescados y mariscos.

Como lo aprendió desde muy niña, Nerea fue acomodando los pescados según sus tamaños: los más pequeños primero hasta terminar con los grandes. Lo hacía de manera tan natural, con esa sensualidad innata en ella que llamaba la atención de los que pasaban cerca.

Muchas miradas puestas sobre ella, admiradores anónimos que disfrutaban contemplándola, ojos que la recorrían de pies a cabeza, deteniéndose ya sea en su largo cabello, en sus núbiles pechos, en sus amplias caderas. Aunque bastante atareada, al sentirse observada Nerea dejó el cesto de pescados a un costado buscando identificar a su tenaz admirador, pero entre el gentío fue imposible ubicarlo, solo se topó con los rostros sonrientes de los dos pescadores que atendían el puesto del frente.

—Este día una sirenita ha venido a visitarnos —le gritó uno de los pescadores.

—No soy sirena, será usted tonto, cada día está peor —respondió sonriendo Nerea y continuó ordenando los pescados.

—Claro que no es sirena, es un angelito que papá Dios nos ha regalado por ser buenos —terció su amigo riendo con estridencia.

—Ni ángel ni sirena, solo Nerea, Nerea García, ésa soy yo —lo dijo lo bastante alto como para que todos la escucharan; entonces levantó la vista y se quedó contemplando ese mar verde, inmenso, tranquilo a esa hora de la mañana; cerró los ojos y dejó que sus recuerdos se apoderaran de ella.

Huérfana a los diez años, quedó al cuidado de su tío Ismael. El maremoto del año dos mil arrasó Villa María, el pueblo costero donde Nerea vivía con sus padres. El día anterior un terremoto alertó al puerto y cuando por la radio anunciaron que toda la población debía buscar refugio en las partes más altas porque un maremoto era inminente, Nerea y su familia ascendieron hasta lo alto del cerro que flanqueaba el puerto y ahí se quedaron toda la noche. Fue una falsa alarma: el mar permaneció tranquilo, aunque igual nadie pegó un ojo en toda esa noche esperando lo peor; cuando el sol empezó a despuntar al día siguiente, todos vieron que nada había pasado en el puerto, que todo estaba muy tranquilo y entre los refugiados empezó a circular el rumor de que debían regresar. Así lo hicieron y Nerea y su familia estaban de vuelta en su casa; junto a ellos estaba Ismael que por esos días tenía un fuerte dolor en la espalda que le impedía hacerse a la mar.

El padre de Nerea y otros pescadores, confiados en que lo peor había pasado ya, se prepararon para salir a faenar; solo Ismael notó que la marea estaba muy baja y les pidió a los que estaban a punto de embarcarse que esperaran. Éstos, buscando tranquilizarlo, le dijeron que tendrían mucho cuidado y al menor signo de peligro estarían de regreso. Nerea, bastante confundida y con los ojos vivaces más abiertos que nunca, se acercó a su padre y le abrazó pidiéndole que tuviera mucho cuidado. Su padre la tomó entre sus brazos y le dijo que no se preocupara, que él era un viejo lobo de mar y que nada le pasaría y como despedida le dio un beso y otro a su madre que no pronunció palabra, la preocupación reflejada en su mirada.

En casa de Nerea trataban de actuar con normalidad. Entonces escucharon las olas acercarse, un sonido ensordecedor que se fue haciendo más intenso al paso de los segundos. Horrorizados por lo que se les venía encima, Ismael sujetó de la mano a Nerea y salieron de la casa buscando llegar lo antes posible al cerro que era el único lugar seguro. La madre de Nerea iba detrás de ellos, pero de vez en cuando se detenía y sujetaba con fuerza el crucifijo que pendía de su cuello al tiempo que trataba de divisar a lo lejos el bote de su marido. Las olas seguían avanzando a gran velocidad. En un momento Nerea perdió el rastro de su madre, y con el agua casi mojándoles los talones llegaron extenuados a la cima del cerro. Respiró hondo buscando recuperar el aliento, Ismael tendido a su costado jadeaba con fuerza; ambos pensaron que la madre de Nerea estaría cerca, la llamaron y buscaron entre todo el tumulto que se aglomeraba en lo alto del cerro, pero no había ninguna señal de ella; las lágrimas empezaron a inundar sus ojos y un sentimiento de vacío que venía desde la boca del estómago la embargó por completo; "¡Mama!" gritó una y otra vez. Miraba atentamente a todos los que estaban cerca, pero solo vio rostros de miedo y tristeza, su madre no aparecía por ningún lado. Nerea García, la niña de los ojos vivaces, aquella que siempre sonreía, estaba apagada, desconsolada y huérfana.

—¡Niña! Deja de estar pensando en las musarañas y termina de una vez con esos pescados —Nerea se sobresaltó al escuchar la voz grave de Ismael y todo el barullo del Terminal.

—Casi está todo listo, Ismael, ¡que renegón amaneció hoy! — respondió Nerea regalándole una sonrisa grande.

Ya había terminado de ordenar todos los pescados y el mandil apenas ceñido resaltaba esas curvas aún de niña que presagiaban la hermosa mujer en la que se convertiría. Con el paso de los minutos el muelle era un hervidero de gente que se iba aglomerando frente a los puestos. Estaban los clientes habituales a los que Nerea llamaba por su nombre y mientras les mostraba lo mejor del género, les aconsejaba que un bonito quedaba perfecto en un sudado; que frito el lenguado quedaba delicioso o, si lo que querían era preparar el mejor ceviche mixto, tenían que llevar mariscos. De pronto se sintió otra vez observada, levantó la vista y se encontró con la mirada fija de un hombre de unos treinta años, robusto, algo entrado en carnes y con una barba de dos días; sin prestarle mayor atención, Nerea se concentró en seguir atendiendo a sus clientes, pensando que el tipo aquel se marcharía. Para su pesar el hombre seguía ahí, frente a su puesto, con las manos metidas en los bolsillos del pantalón queriendo aparentar seguridad pero sin dejar de mover los ojos, posándolos sea en los pescados, sea en Nerea. Cuando vio que Nerea extendía una mano para entregar el vuelto a un cliente, el tipo dio unos pasos y teniéndola a su alcance, la tomó de un brazo y depositó en su mano un objeto pequeño junto con una nota, la volvió a mirar directo a los ojos y se perdió entre la gente. Al ver a Nerea boquiabierta con lo que acaba de suceder, Ismael se le acercó y le preguntó por el tipo ése, pero Nerea no respondía: se quedó sin palabras contemplando el crucifijo que yacía en la palma de su mano. Estaba un poco oxidado, sin embargo, reconoció que era el mismo que llevaba su madre el día que desapareció; al costado del crucifijo, el papel doblado. Ismael lo tomó y al abrirlo leyó: "Esta tarde a las cuatro bajo el muelle te diré dónde está tu mamá".

—¿Qué dice en el papel? —preguntó Nerea mientras acariciaba la pequeña cruz.

—Es sobre tu madre —respondió Ismael y le entregó la nota a Nerea para que la leyera.

—¿Cómo conocía ese hombre a mi madre? —preguntó en voz alta Nerea.

—No lo sé, habrá escuchado sobre ella en el puerto, será mejor que no hagamos caso de lo que dice —dijo Ismael buscando tranquilizarla.

Nerea se limitó a asentir y apretó dentro de su mano el crucifijo. Solo una idea rondaba su cabeza: esa tarde iría a la cita, tenía que saber qué relación había entre ese tipo y su madre, dónde se habían conocido, necesitaba respuestas. Estuvo distraída y pensativa el resto de la mañana, tratando de aparentar normalidad, pero no dejaba de imaginar que tal vez ese hombre podía, por fin, ayudarla a encontrar a su mamá.

Esperó que Ismael tomara su siesta de todos los días para escabullirse de la casa. Salió de puntillas para evitar hacer cualquier ruido y cuando estuvo fuera empezó a correr lo más rápido que pudo. Faltaban apenas cinco minutos para las cuatro, así que corrió tanto como pudo hasta que llegó bajo el muelle. No había nadie alrededor, pero algo pareció moverse tras el pilón pintado de rojo y aunque éste estaba sumergido no le importó mojarse los pies y siguió caminando. El agua casi cubría sus tobillos y mientras caminaba escuchaba el rumor de las olas y la brisa que la despeinaba. A poco de alcanzar el pilón vio que alguien salía de detrás, era el sujeto que le había entregado la nota.

—Eres arriesgada como tu madre —fue lo primero que dijo el hombre.

—¿De dónde conoce a mi madre, quién le dio este crucifijo? —gritó Nerea colocando la cruz frente a los ojos del tipo.

—Tú eres mucho más linda, esos ojos negros y ese pelo largo son iguales a los de ella.

—¡Que me diga dónde está mi mama! —clamó más fuerte Nerea mientras espesas lágrimas caían por sus mejillas.

—¡Muchacha tonta! Hace tiempo que tu madre fue tragada por el mar —respondió él sin inmutarse; para luego continuar— No fue difícil encontrar un crucifijo como el que ella llevaba siempre, todo el pueblo sabe lo beata que era.

El tipo se le acercó y quiso enjugar sus lágrimas diciéndole "una muchachita tan bella como tú no tiene que llorar". Entonces se aproximó un poco más y la tomó de la cintura a la vez que continuaba: "hueles delicioso, eres una princesita". Nerea buscaba escabullirse, pero por más que intentaba correr el sujeto la tenía apresada; ella lo empujaba y pateaba pero él no se detenía. Juntado toda la fuerza que le quedaba con sus manos comenzó a tirar de la cabeza del hombre y lo arañaba, "eres una fiera, así me gustan, las que se ponen duras"; Nerea gritaba pero sus quejidos eran apagados por las olas que reventaban contra el muelle. Casi arrastrándola la apoyó contra un pilón y con manos ávidas recorrió todo su cuerpo abriéndose paso hacia su entrepierna. Nerea aprovechó que él usaba una mano para bajarse el pantalón y lo empujó tan fuerte como pudo hasta que se liberó. Empezó a correr luchando contra el agua que le impedía ir más a prisa, él venía detrás, ella volteó para ver qué tan cerca estaba sin percatarse de las pequeñas piedras que estaban bajo sus pies, resbaló y su cabeza fue a dar contra una piedra en punta. Mientras se desvanecía, escuchaba una voz, una voz suave, una voz que cantaba y le decía "Nerea ven, ven conmigo, aquí estarás a salvo". Dudó por un instante, pero estaba sin fuerzas y se dejó llevar.

Su cuerpo tendido sobre la arena arrullado por las olas, su mano derecha aprisiona con fuerza el crucifijo, parece dormida, en sus labios apenas abiertos una sonrisa de niña-mujer queda dibujada para siempre.

SOMBRAS DEL PASADO

Tendido sobre el frío asfalto, la mirada perdida en la gran nube que a esas horas se interponía entre él y el sol, un grupo de curiosos se aproxima y lo rodea. "¿Está consciente?" Aventura uno de ellos, "sí, lo está", "miren, tiene los ojos abiertos", se escucha decir a otro. Fue un golpe seco, todo pasó muy rápido; siente un dolor punzante en la nuca, no quiere moverse, sabe que más gente sigue acercándose, les oye murmurar, no les entiende.

La sirena de la ambulancia lo vuelve a la realidad, sin embargo, apenas es consciente de lo que le ha pasado. Lo suben a la camilla y escucha más y más voces, son gritos esta vez, sigue sin entender; siente que lo mueven, quiere decirles que paren, que el dolor viene de muy adentro. Como si estuviera en medio de una pesadilla trata de gritar pero está paralizado.

Una tras otra empiezan a llenar su cabeza imágenes borrosas, pensamientos inconclusos, cada cual buscando ganar espacio en su aturdido cerebro. Se ve delante de la tumba de su padre, eso fue temprano esta mañana. Se recuerda furioso, gritando y reclamando a su padre: "Me he convertido en lo que tanto odiaba de ti", ambos puños cerrados y apretados con fuerza, el cabello revuelto, los ojos cansados después de una noche en la que apenas durmió. Así espera un momento, en silencio, por una réplica que sabe nunca escuchará.

"Todo va a estar bien, ya verá", le dice alguien. Es la paramédico, siente sus manos fuertes que lo protegen, que lo cuidan; es como cuando

9

de pequeño su madre ponía el mismo esmero, el mismo empeño para curarlo las tantas veces que regresó a casa con los ojos vidriosos y algún hilillo de sangre cayendo sea de un pómulo, de una pierna o de la nariz. Cierra los ojos y es como si fuera otra vez un niño pequeño, de 6 años, recostado sobre el regazo de su madre que trata de dormirlo mientras repite una y otra vez una canción de cuna; siente los largos dedos de su madre que pasan y repasan sus cabellos como peinándolos: "Duérmete mi niño, duérmete ya, que mañana es viernes y los reyes llegarán". Su madre entona la canción haciendo que las palabras suenen más largas. A veces se detiene y es que las lágrimas que comienzan a resbalar por sus mejillas inundando su boca, por lo que debe hacer una pausa para limpiarse y, como si todo estuviera bien, seguir cantando.

Él sabe que su mamá llora, sabe de la pelea, de los gritos, de las amenazas y los golpes; lo sabe porque aunque estuvo escondido bajo su cama cubriéndose los oídos con las manos y apretando fuerte fuerte, los ruidos llegaban hasta él, uno tras otro, convirtiéndolo en mudo testigo.

La ambulancia se abre paso entre el tráfico. Da un giro rápido a la izquierda que alerta a todos y está a punto de tirarlo de la camilla. "Es el último turno del chofer y se ve que ya quiere irse a casa", se escucha decir a la paramédico, él abre los ojos y la ve sonriendo. Esa sonrisa que aparece una y otra vez en su cabeza, la misma sonrisa que tiempo atrás su mujer le regalaba cada mañana al despedirlo; cuánto extrañaba esa sonrisa, cuánto necesitaba de esa sonrisa en ese momento.

Entre ellos las cosas no andaban bien, él sentía que su esposa lo juzgaba por todo lo que hacía. ¿Qué había de malo en celebrar con los amigos el día que recibía su cheque?, se preguntaba; ¿no era acaso justo que después de romperse el lomo durante largos y extenuantes quince días, diera a su cuerpo un poco de descanso? Su mujer no parecía entender nada y cada vez que llegaban los días de paga, ella estaba ahí, esperándolo sin decir palabra con esa mirada inquisitiva, como adivinando que de su salario no quedaban más que centavos; las palabras sobraban en ese momento, los ojos de su mujer parecían prendidos en llamas, la veía impotente, ahogando un grito; él tambaleante buscaba acercarse a ella, rodearla con sus brazos, abrazarla; ella lo rechazaba cansada de esa escena que se repetía, para su pesar, cada vez con más frecuencia.

La última noche, como si conocieran de memoria el libreto de la historia, él llegó ya bastante tarde a casa, creyendo que apenas hacía ruido cuando abrió la puerta. A esa hora su esposa estaría ya dormida, así que grande fue su sorpresa cuando la encontró sentada a la mesa con la misma mirada inquisidora, el grito ahogado. Improvisó una excusa que hasta a él le pareció absurda, y al verla directamente a los ojos se topó con una determinación que le asustaba; entonces una avalancha de palabras surgió de los labios de su mujer, entre quejas, lamentos y recuerdos atinó a escuchar "no quiero estar más a tu lado, estoy rendida, agotada, cansada de esta situación". Al principio pensó que ignorando lo que decía su esposa todo terminaría, que ella se cansaría de gritar, de llorar y se iría a dormir; pero su mujer seguía ahí sin la menor intención de moverse y al no encontrar respuesta alguna se abalanzó sobre él al tiempo que lágrimas rodaban por sus mejillas. "¡Por una vez en tu vida no seas cobarde y respóndeme!", gritaba ella. "¡No eres más que un pobre borracho igual que tu padre!". Estas últimas palabras retumbaban en sus oídos, una y otra vez: "borracho como tu padre, como tu padre".

"¡No vuelvas a decirme que soy como mi padre, lo entiendes!", levantando los brazos gritaba para luego continuar: "¡no te atrevas a compararme con él!". Estaba hecho un energúmeno, su esposa pareció empequeñecer de pronto mientras él gritaba más y más fuerte; en algún momento levantó el brazo y lo descargó con tal furia en el rostro de su mujer que ella se desplomó sobre el piso. Fue el primer golpe, luego se sucedieron muchos otros. "¡No más, por favor, para!" imploraba su mujer que, hecha un ovillo y tendida sobre el piso, trataba de protegerse lo mejor que podía cubriéndose con sus brazos y piernas, mientras que él como poseído ignoraba los lamentos y súplicas, solo golpeaba y seguía golpeando hasta que cayó rendido.

Cuando despertó a la mañana siguiente estaba solo en la habitación, no había ningún rastro de su mujer. La buscó por toda la casa, la llamó por su nombre, no hubo respuesta, los armarios vacíos, algunas ropas esparcidas sobre la cama, el rastro final de una rápida huida. Desconcertado, sin saber dónde buscar o qué hacer, salió de su casa y se dirigió al cementerio, el único lugar donde quería estar en ese momento.

"Tranquilo, pronto llegaremos". La voz de la paramédico se volvió a escuchar. "Al doblar la siguiente esquina estaremos en el hospital", agregó, regalándole una vez más su sonrisa maternal. Al alcanzar la esquina, sin embargo, el chofer giró a demasiada velocidad y perdió el control de la ambulancia. Al interior del vehículo todos gritaban mientras éste daba varias vueltas de campana. Cuando aquel caos llegó a su fin, el cuerpo de la paramédico quedó inmóvil y tendido a un costado, a unos pocos metros el chofer y su copiloto sin signos de vida. El paciente que reposaba sobre la camilla era el único que parecía estar tranquilo, hasta aliviado. Una pequeña sonrisa se dibujó en su rostro al tiempo que todo se hacía oscuro, muy oscuro.

EL RESCATE

—¿Qué haces ahí tan solito? —me preguntó mi primo Miguel al verme a la orilla del río. Yo traía un palo en la mano y trataba de alcanzar un amasijo de hojas que todas revueltas se me figuraban como un barco a punto de hundirse.

—Quiero rescatarlos antes de que termine bajo el agua —le respondí.

—Pero si ahí no hay nada —me dijo Miguel con los ojos ligeramente abiertos.

—Ven, acércate un poco más y los verás tú también —. Sin quitar la vista de mi objetivo le indiqué que subiera a una roca para que me ayudara. Dudó por unos segundos para luego de un salto trepar a lo alto de la roca.

—No hagas ruido, que los asustas —le aventé un palo para que pudiera desde esa posición empujar las hojas hacia donde estaba yo.

Él por el flanco derecho y yo por el izquierdo fuimos cercando el barco de hojas, estiré un poco el brazo pero aún quedaba un trecho.

—Tienes que meterte al agua —le dije señalando el lugar exacto con el índice, pero él desde lo alto pareció vacilar y no me hizo caso.

Sin pensarlo dos veces hundí mis pies en el agua, sosteniendo en una mano el palo que me servía de apoyo; sentí el agua fría que corría abriéndose paso entre mis piernas; empujando mis pies contra la corriente fui avanzando paso a paso. El primo Miguel desde lo alto seguía mi avance, sugiriendo a veces que cambiara de dirección al ver que en ese lado el río se hacía más profundo.

Manteniendo el equilibrio con mucho esfuerzo, llegué hasta casi la mitad del río, la corriente se hacía más fuerte y los pies los sentía más pesados. Miguel, al principio indiferente al rescate, empezó a alentarme.

–¡Ya casi lo logras! –gritó, unos pasos más y tendría al barco frente a mí.

Anclé los pies lo más fuerte que pude contra el lecho del río y mientras me apoyaba en el palo con una mano, deslicé la otra dentro del agua hasta ubicarla justo debajo del barco, el rescate casi había terminado cuando levanté la mano llena de agua con el barco libre al fin tambaleándose en medio de mi mano.

Alcé la vista y me encontré a Miguel sonriendo. El camino de regreso a la orilla se hizo más fácil: a pesar de la carga extra estaba extasiado.

Cuando alcancé la orilla ya estaba Miguel ahí esperándome con los ojos muy abiertos, llenos de curiosidad por ver al barco rescatado.

Deposité el barco en un lugar seguro y dije: "Miguel, la pachamanca ya debe estar lista, vamos a comer que me muero de hambre". Sin decir palabra, Miguel cruzó un brazo sobre mi hombro y nos pusimos en marcha, triunfantes de regreso al campamento a comer delicioso.

MILKO CEPEDA GUERRA

Nació en Antofagasta, Chile y es Doctor en Lingüística por la Universidad de Concepción, Chile. Su foco de interés se encuentra en los estudios que relacionan el lenguaje y las nuevas tecnologías, la fonética, la disponibilidad léxica y el análisis del discurso. En el ámbito cultural, fue fundador con otros gestores del "Círculo de Artes Manuel Durán Díaz" en su Antofagasta natal, participando en dos antologías de poemarios, además de haber sido columnista del diario *El Centro de Talca* durante un tiempo, medio en el que se refirió a los temas de lenguaje, tecnología y sociedad. Su entrada al género narrativo es de reciente data, género en el que –indica– está en proceso de aprendizaje.

La escritura en mí

Nota del autor

Escribo porque siempre ha sido una catarsis, una herramienta para sacarme el dolor de encima, para burlar la muerte y la locura. Escribo porque nací para contar historias, para hablar mediante poemas. Escribo porque lo quiera o no, soy testigo de mi tiempo, de mi década y aunque la mayoría de las veces no tengo un lector real, lo importante es escribir, hacerlo con el corazón, hacerlo porque es mi vida, porque es mi esencia, porque está en mis genes y porque si renunciara a hacerlo ya no sería yo y eso sería una pena.

YO ME CONFIESO

La iglesia poco a poco comenzó a quedar vacía. Los monaguillos caminaron hacia una puerta que estaba a un costado del altar y se perdieron. Desde la posición en que me encontraba pude ver que el cura terminaba de ordenar sus cosas. Lentamente me paré de mi banca y caminé hacia el hombre que ya se encontraba sin su atuendo litúrgico. Me miró con seriedad mientras esbozaba un rictus.

—¿En qué puedo ayudarte? —dijo con voz lacónica.

—Necesito confesarme.

—Hoy no es día de confesiones —dijo con fuerza mientras me daba la espalda.

—Es un caso de vida o muerte, cura. ¿Podrá su conciencia lidiar con la idea de haber dejado morir a un ser humano y no haber hecho nada? —el religioso dejó de caminar y dio vueltas para mirarme con enfado.

—¿Qué estás diciendo, hombre? ¿Qué insensatez es ésa?

—Yo solo le pido que me confiese y usted se niega. De los dos, ¿quién es más insensato?

—Te estoy diciendo que hoy no es el día, pide hora con la secretaria el día lunes— dijo mientras me miraba con cara de impaciencia.

—Me decepcionas, cura —dije con una pequeña sonrisa en mis labios. ¿No se supone que la Iglesia está para contener? Si fueras otra autoridad te acusaría por notable abandono de deberes. Yo te pregunto, ¿desde cuándo las almas angustiadas deben estar supeditadas a las horas terrenales?

El cura miró al cielo como pidiendo clemencia, para luego mirarme con sorna.

—Está bien. Vamos.

—Solo haces tu trabajo, yo no te pido nada extra.

—Hey, no abuses de mi paciencia.

Caminamos unos segundos y llegamos a un ala de la iglesia donde se encuentran los confesionarios. Iba tras el diocesano con paso cansino, mientras el hombre caminaba de prisa. Entró en el confesionario mientras yo me arrodillaba frente a la pequeña ventana. Acto seguido, abrió la ventanita y pronunció palabras a las que no presté atención debido a que me encontraba perdido evocando las playas de Mejillones.

—¿Me estás escuchando? —dijo con rudeza.

—Sí, lo he escuchado, cura. Confiésome de ceder a la venganza. Tengo una pistola preparada hace mucho y hoy voy a ocuparla. Creo que después mi alma necesitará ayuda.

—¿De qué hablas, hijo? —dijo ahora con vívido interés.

—Creo que el Antiguo Testamento nos habla de ojo por ojo y diente por diente. Yo, después de mucho caminar e investigar, reconozco que comulgo con esa enseñanza.

—Mmm, pero en el Nuevo Testamento y la misericordia, Dios...

—No invoque el nombre de Dios en vano, cura, no lo haga.

—¿De qué me hablas, hijo? Yo tengo la potestad, soy un pastor de almas —dijo perdiendo la calma.

—Te pregunto, cura, ¿puede un pastor de almas mancillar su rebaño? ¿Puede?

—¡Jamás! —dijo lleno de ira.

—¿Usted ha oído hablar de Mejillones, cura?

Cuando pronuncié el nombre de aquel pueblo hubo un largo silencio en la iglesia. Volví a insistir y el religioso, apenas con un hilo de voz, mencionó con evidente nerviosismo que nunca había estado en aquel lugar.

—¿Usted se acuerda de Filomena y Margarita, padre Gustavo? Porque su nombre es Gustado Cox, ¿no es así? ¿Usted recuerda a esas feligresas?

—Creo que me confundes, hijo —dijo el hombre mientras se paraba del confesionario.

—Creo que no. Te he buscado incansablemente desde hace cinco años, cinco años en los que la Iglesia te movió por todo Chile, pederasta.

El cura iba a empezar a correr cuando mi mano apretó el gatillo. El fogonazo iluminó las naves al tiempo que el hombre rodaba por el piso con una herida en la pierna. Me acerqué lentamente observando cómo el terror se apoderaba de su rostro.

–Te vuelvo a preguntar, Cox. ¿Puede un pastor de almas mancillar a su rebaño? ¿Quieres que te recuerde a Filomena, mi hija? ¿Quieres que te recuerde a Margarita, mi mujer, que enloqueció con el suicidio de nuestra hija? Ha pasado largo tiempo, cura. Ahora déjame confesarme: confieso, padre, que he matado a un hombre, un hombre ruin.

Sonó un segundo disparo. Los carabineros entraron a la iglesia en formación de ataque y al verme en el piso con las manos en la cabeza se relajaron y fueron a revisar de prisa si el sacerdote aún estaba con vida. Solo puedo imaginar la cara de terror al ver al sujeto con un disparo entre los ojos en el momento en que mis plegarias partían con "escúchanos, Señor, te rogamos".

JACOBO LUNA

Jacobo Luna Cruz creció en la ciudad de Coatepec, Veracruz, México. Inició su aventura con la creación literaria de manera informal con ensayos y reflexiones que se perdieron entre cuadernos de la secundaria y del bachillerato, pero que resurgieron durante sus estudios universitarios. Tras obtener la Licenciatura en Lengua Inglesa por la Universidad Veracruzana, se dedicó a la enseñanza del inglés como lengua extranjera en Xalapa, la capital del estado de Veracruz, siempre dándose un espacio para la escritura creativa, lo cual lo llevó a colaborar en la revista interdisciplinaria Entreumanos, proyecto iniciado por alumnos, egresados y profesores del área académica de Humanidades de su universidad. En el 2004, encontró bases literarias más sólidas al participar en el diplomado en creación literaria en la Escuela de Escritores de Xalapa.

En el año 2005, la vida profesional lo llevó a Charlotte, Carolina del Norte, donde trabajó como maestro de español como lengua extranjera a nivel bachillerato en el sistema de educación pública. En el 2008, se muda al Metroplex de Dallas, Texas, donde continúa con la enseñanza del español a nivel bachillerato hasta hoy día. En 2010, finaliza sus estudios de maestría en Teaching English to Speakers of Other Languages del Greensboro College.

Jacobo Luna Cruz ha continuado escribiendo de manera creativa en español y académica en el inglés. Actualmente, forma parte del taller de escritura creativa de Atacama Press, en Carrollton, Texas, y es autor de la colección de cuentos "En el país en el que no pasa nada".

Imagino letras entrelazadas

Nota del autor

Recuerdo el final del primer grado. La maestra dictaba un párrafo. Escuchábamos su voz, o más bien es su voz lo único que de ella recobró mi memoria. Me gustaba predecir las palabras que dictaría. Era un juego que solo yo conocía y cuando perdía, ponía de cabeza el lápiz amarillo del número 2, utensilio escolar universal. Allí aprendí que hay cosas que únicamente el lápiz y uno conocen y que en las hojas de la vida no se puede predecir todo. Nos ponemos de cabeza muchas veces para borrar los errores que no se borran del todo; los pensamos corregidos, pero las hojas no mienten, los errores quedan marcados debajo del grafito.

Recuerdo el final del tercer semestre del bachillerato. Tenía un diario, y en mi ingenuidad no me daba cuenta de que el color rosado quería decir que el diario no era para niños. No me importó y escribí un par de vivencias. Yo sabía que una amiga cuyo pupitre estaba detrás del mío leía mi diario cuando yo descuidadamente lo dejaba a la vista. Allí descubrí que uno no escribe para uno, que uno escribe para ser leído.

Recuerdo el final del tercer semestre en la universidad. Era el curso de Taller de Lectura y Redacción y tuve que escribir un cuento para un profesor a quien el gesto de sonreír le era un concepto ajeno. Recuerdo muy bien ese día en el que su cara sombría se fue transformando. Primero los labios se le arquearon hasta formar una sonrisa, luego sus ojos inanimados se llenaron de asombro. Por un instante presencié en los ojos de mi profesor ese brillo de sorpresa que tiene la mirada de los niños que no sé cuándo ni cómo, pero que se pierde al volvernos adulto.

Recuerdo que dejé de escribir al empezar a trabajar porque ya no tenía tiempo para estar conmigo mismo. Allí descubrí que para mí el silencio era escribir e imaginar letras entrelazadas que reemplazaban el silencio y que pintaban como un lienzo la hoja de papel en blanco. Dejé de escribir porque el mundo no callaba. Había ruido en las calles, había ruido en las voces de personas que usaban palabras, pero las palabras no decían nada, también se habían vuelto bullicio. Había ruido en el trabajo, en el clac-clac de los zapatos, en el tic-tac del reloj, en el tap-tap de los dedos sobre los teclados, en el rechinar del abrir y cerrar de las puertas. Escuchaba todo menos a mí. Todo era ruido, distracción, todo era lo otro. Fue entonces que algo en mi interior hizo callar al mundo. Entonces pude escucharme otra vez y a ellas también. Me susurraban lo que habían visto, lo que sentían, lo que pensaban. Me susurraban historias de amor, de odio, de justicia o de la falta de la misma, me susurraban mentiras, verdades, alegrías, penas, horrores, fantasías, me susurraban todo y a la vez nada, incluso me susurraban la vida misma.

Hoy no recuerdo, simplemente escribo y me doy cuenta de que las escucho y las descifro. Son pensamiento y emoción hechos palabra. A veces mías, a veces prestadas, a veces tuyas, y otras veces de sí mismas. Son palabras y yo las escribo.

¿Por qué escribo?

¿Por qué?

¿Escribo?

Escribo lo que sé y lo que ignoro, lo que escucho y lo que callo, lo que duele y lo que alegra. Tomo la pluma y la tinta corre, a veces ilegible sobre la hoja de papel y muchas veces no para, la tinta simplemente corre, trota, baila, salta, se acuesta, repara, construye y luego pausa porque yo no puedo seguir su ritmo, porque mi mano se cansa o porque el ruido del mundo me llama otra vez a la cotidianidad de mi existencia. La pluma queda allí, otra vez acostada, triste, sola, en espera de nuestro próximo encuentro.

No recuerdo cómo pasó, si lo planeé o si salieron de la nada. Creo que imaginé letras entrelazadas y esto es lo que resultó. Ya no estoy en la escuela, más bien me encuentro frente a esta hoja de papel tratando de explicar por qué escribo, pero el tiempo se acorta, la hoja de papel termina, y sigo sin poder responder esa elemental pregunta. Creo que lo importante no es saber por qué escribo, sino seguir haciéndolo porque tal vez en un par de días, meses o años, se den el lujo de visitarme y susurrarme esa respuesta que hoy me siento incapaz de responder.

LA DORITA

Si le preguntaras a la Directora de la escuela quién es la maestra Dora, te diría que es una educadora ejemplar, una mujer al servicio de la educación y que los resultados de los exámenes de rendimiento escolar hablan por sí mismos. Yo sé todo esto porque nos repite estas palabras a todos los alumnos del quinto grado cada vez que nos ve. Yo solo digo que sí con la cabeza aunque nunca he entendido cómo es que los exámenes pueden hablar.

Si le preguntaras a mi amigo Andrés quién es la maestra Dora, su explicación sería más simple. Te diría que es una maestra que lleva faldas largas grises, blusas beige, sacos negros y se pone zapatos de viejita, de esos que no tienen tacón, ni chiste alguno; que es de tez blanca y parece estar enojada todo el tiempo, incluso cuando se ríe. Te diría que ella forma parte del gremio magisterial tradicionalista que sigue las normas y las buenas costumbres de la gente decente. Le pregunto muchas cosas a mi amigo Andrés porque él habla muy chistoso. ¿Por qué chistoso? Pues, porque nada más entiendo a medias sus explicaciones y antes de que termine, me empiezo a reír.

Si le preguntaras a mi amigo Ricardo, te diría que tuvieras mucho cuidado con ella, porque aunque su voz se parece a esa de la nana que lee cuentos en la tele, siempre logra atemorizar a todos cuando empieza la clase. Ricardo te diría que le tiene miedo, sobre todo cuando empieza a caminar entre los pupitres con una regla larga de madera para elegir a su víctima. Te diría que le da miedo cuando lo llama al escritorio para revisarle los cuadernos porque sus ojos son grandes y oscuros, muy oscuros, tan oscuros que cuando los miras, no ves sus pupilas sino un reflejo de ti mismo. Te diría que todos empezamos a respirar más agitadamente cuando ella camina y golpea esa regla en la palma de su mano porque nos mira a todos, nos mira uno a uno, nos mira como buscando al indicado, y cuando lo encuentra golpea la regla en el escritorio y todos saltan. Entonces, se oye tu nombre salir de la boca de la maestra Dora y hace preguntas que por alguna extraña razón, aunque sabes las respuestas, no puedes recordarlas. La maestra Dora golpea con ligereza la regla en el escritorio y repite la pregunta. Tú tratas de responder, pero solo alcanzas a tartamudear porque las palabras también le tienen miedo y por más que las buscas en tu cabeza, no las encuentras. Se han escondido. Tratas entonces de encontrar las respuestas en el techo del salón de clase, porque las has encontrado allí un par de veces. Al no tener suerte, escuchas tu nombre otra vez, y te pide que la mires. No entiendes por qué siendo ella pequeña, se ve tan grande y al dirigirle tu mirada notas sus mejillas llenas de maquillaje rojo; notas algo en sus ojos que hace ver sus pestañas más grandes y negras; notas que sus dedos golpean el escritorio y te recuerda el galopar de los caballos en las carreras. Te asustas porque te dice algo que nunca logras entender, pero no es como las explicaciones de Andrés, porque las de ella no te hacen reír y todos te miran con lástima.

Si le preguntaras a Ignacio, bueno, no creo que te daría una respuesta, porque él no le tiene miedo a la maestra Dora. Ésta es su segunda vuelta con ella en el quinto grado. Él nos dijo que el año anterior pasó las clases de matemáticas, arte y deportes, pero reprobó todas las materias en las que había que leer. Ignacio tenía la esperanza de que su mamá convenciera a la maestra Dora de pasarlo de año como lo había hecho antes con las maestras de tercero y cuarto, pero no corrió con tanta suerte esta vez. No importó cuánto imploró la madre de Ignacio, la maestra Dora le dijo que Ignacio no pasaría con ella hasta que aprendiera a leer como se debe. Si le preguntaras a Ignacio, te diría que su miedo se convirtió en coraje porque todos sus amigos se inscribieron al sexto grado excepto él; también te diría que este año su coraje se fue convirtiendo en alivio pues ya no tenía que fingir que sabía leer. Te diría todo eso, pero a Ignacio casi no le gusta hablar.

Si me preguntaras a mí, te diría que ella no es tan mala como parece pues a mí siempre me ha tratado bien. Tal vez sea porque ella conoce a mi abuela, y porque mi abuelita me ha dicho que "Dorita", como le dice, no siempre fue así. Dorita era guapa, feliz y jovial, pero un ingeniero que vino a construir la escuela hace unos años, se llevó a la Dorita y nos dejó a la maestra Dora. La verdad, mi abuelita me enreda con sus explicaciones.

Ojalá me hubieses preguntado a mí cómo era la maestra Dora, pero solo me miraste unos segundos, sonreíste, te sentaste al lado mío. Nadie se atrevió a preguntarte nada, y la clase se puso de pie cuando entró la maestra.

"A ver, niños, siéntense, excepto usted, niña. A ver, aquí dice que se llama Elena y viene de la capital, pues no espere tratos especiales. Ya bastante ha hecho la directora por usted al aceptarla a cuatro meses antes de terminar el ciclo escolar, y no espere usted de mi ningún privilegio. Ahora que me ha entendido, páseme mi regla que se ha caído del escritorio y nadie ha tenido sentido común para recogerla antes de que yo entrara. Bienvenida al quinto grado. Yo soy la maestra Dora".

SEIS AÑOS

La fonda de la calle Flores siempre estaba repleta de gente entre las diez y once y media de la mañana. Al trabajador que atendía la zapatería no le gustaba pelearse con el gentío y la pobre señora de los antojitos se confundía con tantas personas gritándole lo que querían comer. Por eso, decidió ir a la fonda a las 8:30 a partir de ese día. Al tomar asiento, se le hizo muy extraño el silencio y lo grande que se veía el lugar sin clientes.

—Ay, joven, ¡qué pena! Aún no tengo nada, apenas voy a empezar a picar la cebolla —le dijo la señora mientras se amarraba el delantal de cuadros azules con blanco.

—No se apure, doña, al cabo que abro la zapatería hasta las nueve y media.

El joven sacó una bebida del refri y se sentó en una de las dos mesas de madera que había para los clientes. La señora de la fonda se lavó las manos para empezar a hacer lo que consideraba su vida de trabajo. Mientras tomaba su bebida, el hombre notó la sencillez de la señora. Sus manos morenas se veían jóvenes, y se le marcaban un par de venas. No usaba pulseras, ni anillos, ni esmalte de uñas. Solo llevaba un par de aretes de color gris que semejaban unas perlas.

—¿Quiere un vaso para el refresco? —dijo la señora mientras sacaba una tabla para picar y la colocaba en la barra junto a las cebollas.

—No, doña. Así en la botella me sabe más buena.

Le era difícil al joven adivinar la edad de la señora. La voz, las manos y su forma de dirigirse a la gente le parecía de alguien no mayor a los cuarenta años, pero su alborotado pelo grisáceo y su cara con las marcas de una vida cansada la hacían verse más marchita de lo que ella era.

La señora tomó firmemente una cebolla. Su mano tenía mucha gracia pues parecía una araña capturando a su presa. Tomó el cuchillo y el joven sabía que lo hacía con fuerza pues notaba cómo las venas de las manos saltaban a la vista.

—En cinco minutos le hago sus antojitos, joven.

El joven asintió con la cabeza pues tenía la boca ocupada con la bebida. Con una destreza natural, la señora cortó la cebolla por la mitad. Luego colocó las dos mitades boca abajo y las cortó en forma de cruz, como si las persignara con el metal que las descuartizaba. Y así siguió hasta que la cebolla se volvió un desorden de cuadritos sobre la tabla de madera.

—¿No le hace llorar la cebolla? —preguntó el joven al ver lo rápido que la señora trabajaba.

—Ay, joven, ¡cómo cree! Llevo picando cebolla desde que tenía seis años.

La señora tomó otra cebolla, y ese olor en combinación con sus propias palabras le hicieron recordar cómo dos días después de haber cumplido seis años, su mamá la llevó a una de las casas grande del pueblo. Esa fue la única vez que ella recuerda haber caminado de la mano de su mamá. Al llegar a esa casa grande, entraron a la cocina por la puerta de atrás, donde les esperaba una tía. «Aquí te traigo a mi hija». «Pero si está muy chica para trabajar en la cocina, me va a regañar la doña si se la llevo». «Pero si ya tiene seis años, y a esa edad empezamos a servir tú y yo ¿o qué, ya se te olvidó?».

La señora de la fonda seguía picando cebolla de la misma forma que aprendió a hacerlo aquella tarde que su mamá la llevó a esa casa. Siguió picando la cebolla, como descuartizando algo que no entendía, como buscando entre los cuadros picados lo que escuchaba ella que llamaban "infancia".

—Me va a dar unas cinco gorditas de salsa roja y dos de verde, pero con poca cebolla.

La señora no escuchó al joven, o eso pensó él.

—Doña, me va a dar cinco rojas y dos verdes, pero con poca cebolla.

La señora regresó de sus recuerdos y el joven notó un par de lágrimas en la cara de la señora.

—Ay, doña, ya ve que la cebolla sí la hace llorar.

La señora sonrió con tristeza, sabiendo que el joven no tenía idea de lo que pasaba por su cabeza. Entonces dijo:

—Ay, joven. Me salió usted con sus cosas y por eso esta cabrona cebolla me hizo llorar, pero ahorita le hago sus gorditas, joven, va a ver qué buenas van a estar.

CAMINATA POR EL LAGO

ESCUCHANDO EL SILENCIO

La lancha cruzaba el lago y ese roncar de la lancha me llevó al río Papaloapan que yo cruzaba cada vez que iba a casa de mi abuelita. ¿Te acuerdas? Entonces me hice consciente de que he estado toda mi vida conectado con el agua, que soy agua, que siempre he sido agua, agua que calma, que alegra, que ahoga, que corre, que busca salida cuando todo parece estar perdido. Y ahora soy agua que no corre. Ahora no sé qué ha pasado. Me has dejado aquí, inundado en otras aguas, con otras aguas. Me has dejado aquí; me has dejado; me has dejado.

Empecé esta caminata en este parque lejos de la ciudad. Ya tú sabes que la naturaleza y yo no somos los mejores amigos; que digamos que soy, como se dice en inglés, un *city boy*. Pese a mi resistencia, empecé esta aventura con cuatro personas a quienes he nombrado hijos de la madre de las letras. Andrea nos pidió que hiciéramos la caminata en silencio. Caminé de prisa, delante de todos los demás, queriendo ser el primero. Siempre pensaste que así era yo, que volaba más alto y más lejos dejándote atrás. Siempre pensaste que así era yo, incluso en el amor, pero sabes que no era así. Fue entonces que escuché mis pasos. El bosque verde me miraba, las chicharras, los pájaros y ese sonido en conjunto de grillos que para ti representa tranquilidad. Para mí no. Esos grillos me suenan a chillidos ruidosos que me reclamaban algo. Escuché entonces mis pasos, el chaz-chaz de mis tenis que me decían que yo no pertenecía a este lugar.

Admiré el sendero, el cual había sido construido por los hombres para gente como yo. El sendero seguía en conflicto con el bosque que reclamaba sus derechos a la tierra levantando raíces, y extendiendo sus ramas para hacerlo suyo. Justo en ese momento, el sendero se abría en dos caminos. Tomamos el que descendía, el que hacía que nuestros pasos quisieran ir más rápido pero que nosotros resistíamos al caminar con cautela. Noté las ramas secas que colgaban como adornos en el camino. Eran ramas secas, muertas, cafés como los tallos de los árboles, como la misma tierra; y algo extraño me hizo parar y regresar otra vez a admirar esas ramas secas: noté entonces que semejaban una telaraña café sosteniendo una hoja seca, acurrucada, doblada, como el capullo de una oruga, y sonreí pues incluso en la muerte hay belleza y paz. Pero no en la tuya. Vi entonces a mis amigos caminando delante de mí y esta vez no sentí ansiedad. No siempre hay que ser el primero en todo y aprendí a disfrutar del sendero, del momento, o quizás de la vida, como lo hacía Pía con ese andar despreocupado y los colores azules de los *jeans* y los anaranjados de su blusa que me relajaron y que me decían "calma, no pasa nada, relájate y disfruta." Vi a Andrea y me vi a mí mismo, con todo su equipo: su mochila de acampar en la espalda, sus botitas montañeras, su blusa fucsia y su gorra. Era una Andrea lista, preparada, segura. No llevaba bastón, pero el bosque le proporcionó uno; nadie más notó que el bosque nos extendía la mano, pero Andrea sí, y tomó el palo seco, lo azotó, lo limpió, lo tomó en su mano izquierda y caminó más segura que antes.

En la lejanía se escuchaba el ruido de los coches, un ronronear que me llamaba a volver a la realidad, pero lo ignoré y seguí descendiendo el sendero que no sé a dónde me llevaría. ¡Basta de distracciones!, me dije. Vale caminaba mirando el suelo, e hice lo mismo. Este sendero parecía más del bosque que del hombre. Había raíces de árboles que formaban escalinatas, había piedras, palos secos, incluso había mierda, lo cual me hizo cuestionar cómo llegó allí. Era inútil encontrar la respuesta a esa pregunta, el sendero tiene mierda, hay que aceptarlo y estar alerta.

Los grillos no paraban de chillar, igual que mi alma. Los grillos no cesaban así que paré, en un espacio abierto del sendero. Miré al cielo que se asomaba entre esos árboles altos y ramas verdes que le hacían verse más azul. Mágicamente, todo paró, me quedé inmóvil, como los árboles, nada se movió. Los troncos eran fuertes, viejos, cafés, con musgos y texturas que formaban líneas, lluvia de madera yendo al cielo. Seguí con la mirada fija al cielo, no había más sendero que recorrer. No había pasado recorrido ni camino por recorrer. Y me quise quedar allí, pero llegaste en el viento a interrumpir, moviste las ramas tenuemente así como lo hacía mi mamá, que me movía con sus manos cuando me despertaba de las siestas. Un par de lágrimas rodaron por mis mejillas. Quise resistirme, pero mi cuerpo se mecía con el viento y entendí que debía seguir. Ya no veía a mis amigos. Caminaba solo. Mis pasos se silenciaron, mis pies se hicieron uno con la tierra, podía sentir el suelo y las piedras, y el sendero brusco, arisco. Sentí dolor y no vi más al bosque, simplemente lo sentí. Me enfoqué en el sendero, seguía solo, y aceleré los pasos. El aire callaba todo pensamiento, pero no al agua. El viento callaba al bosque, shhhh, le decía. Y quise volverme agua con mis lágrimas, darme por vencido y dejar de caminar, y de la nada alcancé a ver un color anaranjado. Allá, a una corta distancia, me esperaban mis amigos. Entendí que tenía la necesidad de haberme quedado atrás, solo en el sendero, solo con el bosque, solo, contigo, solo, sin ti, solo, conmigo mismo. Solo en la presencia espiritual que llamamos Dios.

Verlos esperándome puso una sonrisa inesperada en mi cara. Habían abandonado el silencio. Hablaban, no, más bien había un nuevo cruce frente a nosotros y decidían qué camino tomar. Caminamos juntos otra vez, como al inicio. Mis pasos ahora eran silenciosos, se habían vuelto uno con el bosque, pero el caminar de Adriana era otra historia. Sus pasos hacían ese sonido de aire comprimido que escapa cuando aplastas algo hecho de foami[1] que me recordaba al cua-cua de los patos. Me hicieron tanta gracia los pasos de Adriana que eran más cortos y rápidos que los míos. La vi entonces a ella, con su caminar muy femenino, que invitaba a vivir, a olvidarnos de lo malo, porque su caminar nos decía que lo mejor estaba por venir.

Cruzamos un puente y debajo de él vimos el cauce de lo que fue un río en otros tiempos. No había agua, el cauce seco era la única prueba de que un río lleno de vida existió allí una vez.

No sé cómo funciona la memoria. En este preciso momento no sé lo que recuerdo o lo que quiero recordar, no sé si me atrevo o me rehúso a recordar, simplemente sigo hacia adelante o trato de convencerme que eso hago. Quizás somos lo que creemos ser, lo que los otros creen ver, y a la vez, lo que sin saber el camino nos revela. El muchacho de ciudad que creo ser tal vez es menos citadino de lo que cree y es en esencia más cercano al bosque y a la naturaleza de lo que pensaba; El *city boy* rodeado de edificios y modernidad es en esencia agua e introspección. O es ambos en constante lucha y alianza, que existen al verse uno en el otro. El muchacho es ciudad y campo, es uno o el otro, ambos o ninguno según el tiempo y el espacio. No sé cómo funciona la

---

[1] Foami: espuma.

memoria, pero sigo mis pasos en esta caminata absurda al inicio que no sé a dónde me llevará. Lo único cierto es que a partir de ahora camino sin ti.

Camino con el grupo, buscando mis pasos, dejándome llevar como el agua del lago se deja llevar por el viento que crea una corriente, olas y ondas. No sé cómo, cuándo o por qué, solo sé que no soy más ciudad. Soy agua. Debo ser agua de vida para mí y mis seres queridos. Debo ser agua y fluir con fuerza o con lo que me queda de ella para que un día deje de ser agua inanimada y salga de este estancamiento en la que el agua de un lago está destinada a vivir.

Volveré a ser agua de río y correré a mis anchas, como lo hacía contigo, como te gustaba que yo fuera. Volveré a ser agua de río para formar nuevos cauces, sin ti. Me volveré agua de río y correré impetuoso y alegre, lavando el dolor del alma, aprendiendo a vivir sin ti y a no dejarme morir contigo. Correré porque fui agua, porque siempre lo he sido. Soy ciudad pero seguiré siendo río hasta que un día cuando el creador, la vida o el destino lo elijan, lleve mis aguas hasta tu camino y vuelva a ser uno contigo, y ya no estaremos destrozados ni rotos y te veré cerca de mí, me quedaré contigo y seremos una vez más un solo río. La diferencia será que esta vez al cruzar el estuario nos fundiremos en el inmenso mar, nos volveremos uno en las aguas de la inmensidad del mar.

PIA MARINO

Nació en la Ciudad de México donde vivió y realizó sus estudios de actuaría. Siempre ha tenido un espíritu libre y artístico: desde muy temprana edad le gustaron las artes y se enroló en algunas clases de ballet y artes plásticas. Su manera favorita de comunicarse con sus amigas y familiares siempre fue mediante la escritura. En el año 1998, ella y su familia toman sus pertenencias y se trasladan a Plano, Texas para iniciar una nueva aventura, la cual inicia con una carrera de Chef, una de sus pasiones.

Con la inquietud de formar parte de un grupo de lectura inicia el curso de escritura creativa, lo cual le abre las puertas de una faceta de su personalidad no explorada del todo. Así empezó a incursionar en el ámbito de la escritura, lo cual la llevó a crear cuentos cortos con diversos personajes.

Trascender mediante la escritura

Nota de la autora

Hace unos días una amiga me preguntó: "Pía, ¿por qué escribes?". Lo primero que se me vino a la mente fue una pluma fuente, tal vez eso quiera decir algo sobre mí. Tengo una fascinación por las plumas, plumas de todos tipos:

–Plumas fuentes, que pueden ser de diferentes puntos. Los puntos delgados son tal vez, a mi manera de ver, más elegantes; y los puntos gruesos son mis favoritos, ya que puedo escribir con una caligrafía que luce antigua y más cálida.

–Plumas comunes, las que puedo comprar en cualquier parte, son para escritura cotidiana y cuando necesito expresar algo de inmediato. Tienen que estar listas para un momento de inspiración o urgencia.

–Los lápices mecánicos. Éstos tienen su encanto también: son más sofisticados y los encuentro en diferentes puntos, desde los muy finos, como el 0.5, hasta los gruesos como el .9. El punto a usar dependerá de qué tanta fuerza y emoción hay en cada texto, pero desde luego el punto .9 es el mejor para mi expresión.

–Lápiz TICONDEROGA (los amarillos) me acompañaron toda mi

niñez en la escuela y tienen que ser ni muy duros ni muy suaves, # 2 es perfecto para toda clase de anotaciones como números y bocetos. Tienen inconvenientes, ya que en algunas ocasiones la punta se rompe y mis ideas quedan atrapadas.

–Plumas de gel: son más modernas por el tipo de tinta que utilizan. Con ellas la escritura es muy suave y fluye fácil.

Estos son los tipos de plumas que vinieron a mi mente cuando mi amiga me hizo esa pregunta y ¿por qué? Bueno, desde luego porque dependiendo de lo que quiera expresar utilizo diferentes tipos de plumas. Las plumas, como ya dije, siempre me han gustado, tengo una colección de ellas y cada vez que hay oportunidad de adquirir una nueva lo hago. En cada viaje siempre hay una pluma de recuerdo, pero ¿por qué? ¿Por qué no comprar algún otro recuerdo? Y aquí es donde encuentro la respuesta a la pregunta de mi amiga: por medio de la escritura transmito mis pensamientos, emociones y vivencias, las dejo plasmadas en papel. Tal vez quiera trascender más allá, dejar huella en este mundo. Bien dice el dicho que durante tu vida tienes que sembrar un árbol y escribir un libro.

Qué mejor oportunidad de trascender que hacerlo mediante la escritura. Hasta este momento mis escritos no son nada complicados, algunos de ellos medio locos; pero, eso sí, todos con mucho sentimiento. A muy temprana edad empecé a comunicarme mediante la palabra escrita, claro que pueden pensar que en esa era Post-Dinosaurios, no había otra forma de comunicación; y sí, es cierto, era la manera de comunicación por excelencia, pero para mí era y sigue siendo más que una forma, es "La forma de Comunicación".

Tal vez porque al poner las ideas en papel queda una parte de mi alma. Como dicen por ahí, "a las palabras se las lleva el viento", en el papel queda una constancia, una radiografía de mis sentimientos en ese preciso momento y cuando después de un tiempo tengo la oportunidad de releer esos escritos, me doy cuenta de todo lo que he vivido y he cambiado y cómo las cosas han modificado mi persona, las cosas que eran importantes para mí en esa etapa de mi vida y cuáles han y siguen siendo una constante en ella.

Quisiera compartir mis vivencias con mi círculo familiar. Pero ahora, en esta nueva etapa en la que he empezado a escribir más profesional, quiero que todas estas ideas que vuelan en mi cabeza – algunas de ellas me despiertan por la noche con la necesidad de salir–, puedan llegar a más personas.

No he descubierto el hilo negro, ni he escrito una gran novela y mis vivencias son un tanto comunes (como la vida misma, en ellas hay mucha felicidad, tristezas, frustraciones y muchos logros) pero todo eso lo quiero compartir, tal vez inspirar a alguien más.

Estoy segura de que seguiré escribiendo en diferentes colores y con diferentes plumas y que cada uno de estos escritos encontrará su color complementario y su pluma gemela.

927

Los policías escoltan a Pedro a la cárcel de máxima seguridad, ha sido condenado. Cinco policías lo flanquean por el largo y frío corredor. La luz es tan intensa y brillante que parece atravesar los cuerpos, se podría ver hasta el más pequeño de los insectos. Al llegar a la zona de ingreso se hace el cambio de guardias. Pedro es entregado a los custodios del CERESO (Centro de Rehabilitación Social). Ellos toman las riendas de lo que será la nueva vida de Pedro, una existencia que se regirá no solo por las intransigentes reglas de la cárcel, sino además por la mafia dentro de la misma. Pedro también pierde su nombre: ahora es el prisionero número 927.

En el área de ingreso lo están esperando un enfermero, un psicólogo y tres guardias. Todos ellos van de acuerdo con la habitación: son simples, sin ningún adorno, y sus caras pálidas, como las paredes, no reflejan ninguna emoción ni sentimiento. Al momento en que el prisionero 927 pone un pie en este cuarto, de inmediato siente que ha perdido también su intimidad. Le piden que se desvista. Todos los ojos están sobre él, se siente violado, no porque sea la primera vez que está desnudo frente a otros hombres (lo había hecho infinidad de veces en el deportivo), pero hoy sí es la primera vez que los ojos de otros lo atraviesan sin compasión.

El guardia le lanza la ropa: un uniforme de color gris, un overol bastante deslavado, calcetines y zapatos negros sin agujetas. Éste será el atuendo que tendrá que usar desde ese momento hasta el último minuto de su existencia.

Es conducido a las regaderas donde se tiene que bañar para evitar contaminación por piojos. Al entrar lo primero que ve es el piso, que desde luego nunca ha sido desinfectado y le provoca arcadas. El vómito está a punto de salir de su boca, cuando recibe un empujón del guardia apurándolo en el proceso.

—¡Mariquita, no tenemos todo el día! –grita el primer guardia.

—¿Qué esperabas, un piso de mármol? –preguntó con tono burlón el segundo guardia.

El prisionero 927 cierra los ojos y contiene el aliento.

Se duchó y se vistió de prisa con el uniforme. Le dieron, además, una cobija y un uniforme extra, con la amenaza de que si algo le pasaba le iría muy mal.

El 927 es guiado al pabellón de los asesinos peligrosos, ya que la sentencia ha sido cadena perpetua por el asesinato de su novia. El pabellón es el ala más lejana del CERESO. Al pasar por cada uno de los corredores, la luz se va haciendo menos brillante, aun cuando en ningún momento se queda a obscuras. El ánimo se va oscureciendo.

Por fin llegan a su celda en el tercer piso del edificio justo en el medio del pasillo, la seiscientos sesenta y seis, una celda de dos punto cincuenta por tres metros. El color de las paredes algún día fue blanco, pero hoy es una combinación de signos de las pandillas y mugre; hay manchas de sangre también.

La celda tiene una cama, más bien un catre con un colchón bastante delgado que huele mal y a simple vista se ven montículos, parece un paisaje lunar, sin el atractivo brillo de la luna, al contrario, parece que viene de un submundo gris y solitario.

Al dejar sus pocas pertenencias sobre el colchón, ve de reojo tres cucarachas que caminan por la orilla de la pared, cinco más grandes que entran por la diminuta ventana con barrotes que tiene la celda en lo alto. Aquí sí la luz es tenue, siente frío y humedad que le traspasan los huesos. Aunque aún no lo sabe, el 927 vivirá trece años más, cuatro mil setecientos cuarenta y ocho días en la celda marcada con el seiscientos setenta y seis.

LA REPISA NÚMERO UNO

Al igual que muchos otros llegué a la casa de la familia Tovar un sábado por la tarde, después de un día de mucho conocer y caminar por el centro de la ciudad de México.

Ese día por la mañana, cuando el padre con sus cinco críos entraron al comercio, pude oír a distancia las voces de los chicos, que cada vez se hacían más fuertes conforme se acercaban a la sección más colorida del lugar, donde nos encontrábamos. La luz del día que entraba por la ventana llenaba el espacio de alegría.

Catalina, la más pequeña, fue la última en llegar, después de algunos empellones que le dio su progenitor.

Su cara reflejaba algo de angustia, miraba sin mirar, los ojos color avellana se le cubrieron con una capa salada, las manos le sudaban, se las limpiaba de forma constante en su pantalón azul claro.

Puso sus ojos sobre mí, alargó su brazo para tomarme pero el intento fue fallido.

Nadie lo había notado, pero para mí fue evidente.

La pequeña se sentó con la mirada en el piso, sin moverse, en una pequeña escalera de madera que el dueño del establecimiento usaba para alcanzar los objetos más altos, y así permaneció durante el tiempo que le llevó al padre encontrar lo que había venido a buscar.

Cada uno de los vástagos tomó a uno de nosotros entre sus brazos y regresaron al frente del local, excepto Catalina. Ella llegó con las manos vacías.

—Catalina, ¿por qué no has escogido uno? —preguntó el padre lleno de curiosidad y la mandó de nuevo al fondo del comercio.

La vi de nuevo, se dirigía a mí, aspiró profundo y sin más preámbulo me tomó con los dedos índice y pulgar.

Catalina me escogió, no sé si lo hizo de una forma consciente o solo por salir del paso.

Todos los hermanos estaban emocionados con sus nuevos amigos, todos hablaban al mismo tiempo tratando de llamar la atención de papá.

Los nuevos miembros de la familia Tovar éramos todos diferentes: unos voluminosos, otros delgaduchos, unos firmes y otros flexibles, unos más coloridos que otros. En esa categoría me encuentro yo. Todos teníamos en común que aportaríamos algo a sus vidas de una u otra manera. Yo tendría un hogar en la familia Tovar donde supieran apreciarme y, por fin, una dueña. Sería feliz.

La realidad me pegó pronto, pues a diferencia de sus hermanos, Catalina rehusó llevarme en sus brazos a casa. Viajé en la bolsa con las compras del padre. No me sentí solo, pues tenía compañía, pero no la que siempre había soñado.

Al llegar a la casa, todos corrieron donde su madre a mostrarle las nuevas adquisiciones, todos menos Catalina.

Cada uno de ellos fue desempaquetando con diligencia y cuidado su tesoro y mostrándoselo a su madre. Era una colección para todos los gustos: "Mujercitas", "Moby Dick", "Las Aventuras de Tom Sawyer", "Veinte Mil Leguas de Viaje Submarino", pero yo seguía olvidado en la bolsa del padre.

—¡Catalina, mi amor! Ven, enséñame qué compraste tú —dijo la madre.

Así que no tuvo otra salida que ir al lado de su padre y sacarme de la bolsa. Con un cuidado excesivo me tomó, casi sin querer tocarme, y me dejó sobre la mesita de centro enfrente de su madre.

Era claro que algo no estaba bien, si no me quería, ¿por qué me había traído a casa?

Mi olor era tal cual el de los otros, olor a papel, tinta, pegamento y tal vez un poco de polvo, pero nada en exceso. Mis páginas eran pesadas para mi tamaño, pero contenían preciosos dibujos a color que ilustraban el cuento; y mi portada sí que era preciosa, con colores brillantes y podías leer con letras rojas estilizadas "Pinocho".

La madre me recibió con una sonrisa, me acarició con cariño y prometió a Catalina que me leerían por las noches. Esto me alegró, pues estaría cerca de ella.

Después nos llevaron a donde sería nuestra residencia permanente, la biblioteca de la casa, un lugar maravilloso, el más hermoso que un libro se pueda imaginar. Nos sentimos inmediatamente bienvenidos. Todos los estantes estaban llenos de compañeros, agrupados en secciones diferentes según la disciplina a la que pertenecían, así que nosotros, los nuevos, caímos en la esquina que contaba con una amplia gama de tonalidades que llamaban la atención de los pequeños de la casa, la repisa número uno.

Los días pasaban y los chicos venían por las tardes ya sea para leer en el recinto o a tomar a uno de nosotros y llevarlo con ellos al jardín o a su habitación.

Por la noche todos mis compañeros comentaban sus experiencias: de cómo los jóvenes de la casa pasaban sus páginas cuidadosamente para no maltratarlos y lo mucho que disfrutaban estar con sus dueños. Yo, con tristeza, veía el desfile de niños, pero Catalina jamás entraba a este cuarto de la casa. Podía oír su voz a la distancia, pero como siempre, encontraba un pretexto para que su madre no le leyera por la noche.

Mi tristeza aumentaba, me sentía de madera nuevamente como en mi historia.

Después de unos meses, un día por la noche, cuando la calma reinaba en la casa, señal de que los chicos ya estaban en sus dormitorios, oímos el ruido característico de la cerradura. Todos guardamos silencio, esperando. Vimos entrar a los padres, que se sentaron en los sillones y empezaron a conversar.

—¡Estoy muy preocupada por Catalina! —dijo la madre entrelazando las manos.

—¿A qué te refieres? —preguntó el esposo.

—¿No has notado que cuando tratamos de que venga a la biblioteca, siempre encuentra un pretexto para no hacerlo? —respondió ella.

—Bueno sí, pero... —expresó él.

—No, en serio, las manos le sudan y su cara se descompone cuando está cerca de los libros. ¿De verdad no lo has notado? —continuó sin parpadear la mamá.

Al oír esto mi corazón dio un brinco, al fin alguien ponía atención a lo que yo había advertido desde el primer día que la vi.

—Hablé con una de las maestras en la escuela —prosiguió la madre—. Catalina tiene un comportamiento inusual ahí también, especialmente cuando se ve forzada a leer en público —dijo ella para hacer más válida su observación.

Unas semanas pasaron cuando una tarde la madre entró a la biblioteca y tomó una llamada; pude notar en su voz que la situación era seria

—Buenas tardes, Doctor, sí, sí, dígame —continuó la señora de la casa—. ¡Qué dice! ¡Catalina tiene Bibliofobia, no puede ser! —dijo exaltada la madre.

No sé si me alegró o no la noticia, sentí que recuperaba algo de mi parte humana, la magia del cuento aparecía otra vez en mi vida, porque en conclusión, no era mi culpa. Ella no podía quererme, lo cual me daba un poco de tranquilidad, pero, ¿qué iría a pasar entonces con ella y conmigo?

Fueron muy difíciles para mí los siguientes años, pues veía cómo Catalina se esforzaba en la terapia que le asignaba el psicólogo. Primero fue tolerar nuestro olor y presencia, así que las primeras veces solo lograba estar unos cuantos minutos en la biblioteca antes de ponerse a llorar y salir corriendo, pero esto fue cambiando poco a poco.

El segundo paso y creo más importante, es que ahora tenía que tocarnos. Empezó tomando algunos libros muy pequeños y delgados por periodos cortos. Yo, como siempre en la repisa número uno, esperaba con paciencia mi turno, estaba orgulloso de ella. Veía su progreso; pero mi corazón seguía roto, aun cuando no perdía las esperanzas de que algún día me tuviera en sus manos otra vez.

Han pasado ya veinte años desde aquel sábado que vine a vivir a esta casa, mis páginas están un poco más amarillas que entonces. Mis colores menos brillosos, pero mi olor sigue siendo el mismo, a libro.

Algunos de mis camaradas ya no están aquí, la tecnología los ha remplazado, el tamaño de la biblioteca es ahora mucho más pequeño. Catalina ha podido controlar su fobia y ahora incluso disfruta de la lectura, aun cuando lo hace con una tableta. Yo soy uno de los pocos libros que tiene en su cuarto, que perfumo con mi aroma distintivo. Sé que me quiere y eso hace que mi corazón sienta otra vez.

PINOT NOIR

"Su vuelo tiene un retraso de tres horas", anunciaron en el altavoz, por lo que decide ir al restaurante del aeropuerto y esperar ahí. Su esposo la ha dejado con mucha anticipación, así que ahora la espera es aún más larga. El restaurante está situado en una de las salas más concurridas; es el lugar perfecto para ver pasar a la gente por el corredor, desde su mesa.

Pide una copa de Pinot Noir y empieza el análisis de las personas en el lugar, lo cual la lleva también a iniciar la prospección de su propia vida.

Se ve como una mujer que no es vieja pero cuya vida ya está en la segunda mitad. Se siente orgullosa de lo que ha conseguido en el transcurso de esos años, pues si bien a los ojos de otras personas su vida no ha sido nada excitante o con grandes aventuras, ha hecho lo que ha querido. Su cónyuge siempre la ha apoyado en todas las aventuras que ha emprendido.

Ella tiene una cabeza que trabaja a setenta y ocho revoluciones por minuto como aquellos discos antiguos con los que creció, de manera constante tiene un número no determinado de ideas girando en su cabeza. Las obligaciones de ser una esposa, ama de casa y madre no le permiten poner en práctica todos estos conceptos que lleva consigo.

Saca su teléfono celular y lo coloca junto a la copa de vino que acaba de traer el mesero, espera un minuto y decide ponerlo en modo vibrador. "No creo que nadie me hable, todo está bajo control en casa".

Al oír una voz aguda y estridente levanta la mirada y ve a una joven como de unos dieciocho o veinte años que llevaba un sombrero tipo "Indiana Jones" que camina por el pasillo y sus pensamientos la transportan al final de la segunda década de su vida, en la cual se veía a sí misma con unos pantalones caqui y un sombrero de ala ancha para protegerse el rostro del sol inclemente en un lugar remoto, trabajando para una organización internacional, contribuyendo con sus descubrimientos a aclarar el origen del hombre o la extinción de los dinosaurios o bien algún hallazgo importante de una civilización antigua. Después de un sorbo de su vino se pregunta "¿qué pasó con mi sueño?... Bueno, si bien es cierto me gusta la vida más sofisticada", piensa.

El hombre en la mesa de junto, la cara llena de pliegues finos en el área de los ojos y el poco cabello color acero hace que la memoria de su padre la invada. Se dibuja una leve sonrisa en su cara y los ojos se llenan de agua y recuerdos. Al pensarlo de una manera más fría se da cuenta por qué no realizó ese sueño: los consejos de él y las ganas de agradarlo, y el hecho de que en su país la investigación en el campo de la antropología era casi inexistente hicieron que su sueño se desvaneciera.

"Sí, pero soy buena en lo que estudié, aun cuando no me gusta del todo", se dice.

Su vida tomó un giro inesperado y se enroló en una carrera de ciencias.

Durante ese tiempo conoció al que es su compañero de vida, un hombre apacible enfocado en su carrera y algo tímido. Se complementaron perfectamente desde el primer día. A él le gusta la soledad, las reuniones tranquilas y cuenta con pocos amigos. Ella, todo lo contrario: le gusta ser el centro de atracción. Siempre está buscando dónde poder hacer algo diferente: en su juventud fue Directora del periódico mural de su escuela. En la universidad siempre estuvo involucrada en el movimiento estudiantil. La relación fue creciendo sin que se dieran cuenta y los dos buscaban los momentos en que podían estar juntos y acompañarse. Comparte con él no solo su existencia, también secretos que nunca han dicho a nadie y esto los mantendrá unidos incluso en la otra vida.

La vibración del teléfono la regresa al bar. "¿Quién será?... mi casa".

—¡Hola! ¿Cómo estás? ¿Todo bien? —dice al contestar.

—Sí, madre, todo bien. Una pregunta: ¿dónde está mi camisa roja? No la encuentro.

—¡No lo puedo creer!... ¿Para eso me llamas?... —le responde a su hijo, mueve la cabeza con un movimiento negativo, y cuelga.

"Todo lo tengo que solucionar yo, es increíble", suspira.

El mesero se acerca y le ofrece otra copa de vino, la suya ya está vacía.

Continúa con su introspección al tiempo que percibe los sabores de arándanos y ciruela en la copa.

Se prometieron amor en este mundo y lo han cumplido, como en todo matrimonio los problemas se han presentado, y los han resuelto. Pasó de ser hija de familia y vivir con sus padres a ser esposa y compartir un techo con su marido. Sus caderas se ensancharon por primera vez y después de nueve meses llegó un hermoso ser que cambió su perspectiva de la vida para siempre.

En la segunda gestación fue premiada con una preciosa hija que se convirtió en su amiga y confidente. La maternidad la marcó y nunca más ha vuelto a ser ella, como un ente único, siempre pone a sus hijos y familia en primer lugar, incluso antes de ella misma y sus sueños, pero estos no han muerto, siguen vivos en su corazón.

"Mis hijos son lo mejor que me ha pasado en la vida, no sé qué haría sin ellos", medita al tiempo que bebe lentamente el delicado vino.

El celular una vez más deja sentir su movimiento en la mesa.

"¡Otra vez! ¿Ahora quién?..."

—Hola, ¿qué pasa, Martina?

—Seño, que el jardinero quiere saber cuando regresa pa' hablar con usted de las plantas —explica la ayuda de casa.

—¡Martina, ya te dije! La próxima semana regreso y vemos todo, ¿ok?

Levanta la mirada y ve caminando por el pasillo a un sacerdote que le recuerda al padre Macedo, aquel que ofició la misa de difuntos de su madre, y siente un vacío en el estómago y las comisuras de su boca se dibujan hacia abajo.

Sufrió un duro revés, le arrancaron a sus padres de un tajo, se sintió sola, desamparada, pues aun cuando ella era una mujer madura sintió el vacío en su corazón. Se dibuja una muy leve sonrisa en su cara cuando piensa en ellos. Hay ocasiones en que quisiera poder tomar el teléfono y ponerlos al día de todo lo que pasa en su vida y con sus hijos, pero sabe que eso no es necesario, pues ellos desde donde se encuentran cuidan de ella y los suyos; pero siente el abandono.

Juega con el anillo de matrimonio. "Soy feliz, la vida me ha dado mucho, no tengo por qué quejarme. Cierto es no tengo tiempo para mí y mis cosas, ¿cuándo lo tendré?...". Sigue sumergida en sus pensamientos, las horas han pasado sin sentirlas.

La vibración se vuelve a sentir en la mesa. "Bueno, qué insistencia, no han pasado ni cinco minutos.... ¿Ahora qué?", toma la llamada. Es de su casa otra vez, otra bobería, solo querían saber si el perro había comido.

El anuncio de su vuelo en el altavoz la vuelve a la realidad y toma la decisión que ha dejado por mucho tiempo en pausa. "Hoy por hoy quiero ser Victoria". Buscará su propia identidad.

Ella sabe que lo que tiene que hacer se lo debe no solo a ella, sino a todos a su alrededor, es una lección: nunca se es demasiado tarde para nada, solo para no vivir.

Rompe su pase de abordar y se dirige al mostrador a comprar un boleto para su futuro.

CLAUDIA MARTÍNEZ ECHEVERRÍA

Chilena, casada, Doctora en Literatura de la Pontificia Universidad Católica de Chile, dos hijos (títulos obtenidos en ese orden).

Escritora (de vez en cuando), editora literaria y Editora General de la revista *La vuelta al libro* (en definitiva, más lee que escribe).

Ha participado en congresos, ha publicado cuentos en diversas antologías (algunos han sido premiados) y artículos académicos en revistas especializadas.

Actualmente vive en Santiago.

Escritura y lectura: envés y revés

Nota de la autora

No me atrevo a definirme como escritora; es más, rara vez expongo mis textos y, si lo hago, es en círculos sumamente reducidos. Si escribo es solo por el goce que me produce el proceso de la escritura. Eso de que aparezca, primero, algo así como el capullo de una historia: una visión imprecisa, pero punzante y que te impulsa a atraparla. Lo cierto es que, la mayoría de las veces, la dejo ir: la escritura requiere tiempo y no hay tiempo; o porque tras darle una vuelta ya no parece tan buena idea; o incluso porque la intuyo tan potente, que no me atrevo a darle vida, y entonces mejor la olvido porque no quiero retener en mi cabeza esa sensación casi dolorosa. Pero si acepto la invitación, entonces lo que viene es ese proceso lúdico, creativo y mágico que me atrapa y no me suelta hasta que quedo conforme con el texto, lo que puede suceder horas o días o meses después. Pocas sensaciones me resultan tan gratificantes como ver la manera en que se va gestando una historia, cómo se perfila un personaje y cómo se entretejen los acontecimientos. Me apasiona ver cómo, de una manera que se me escapa, todo se va estructurando con naturalidad y las palabras van fluyendo hasta dar forma a un "mundo posible" (por usar un término literario). Obviamente no todo fluye así siempre, rápido y espontáneo (de hecho, pocas veces se da de ese modo), pero aun cuando el trabajo es demoroso, ejerce sobre mí esa atracción que no me permite desligarme.

Luego viene el trabajo de edición, ese gesto de leer como si no fuera yo quien lo escribió o, dicho de otro modo, de leer como si yo fuera otro lector, ajeno a todo el proceso previo de escritura. Se trata de una lectura siempre crítica, detenida en los detalles, centrada en la coherencia, en los ritmos, en la musicalidad de las palabras. Ese trabajo también me resulta fascinante y es que para mí, lectura y escritura son parte de un mismo proceso creativo. Ya sea editando textos propios o ajenos, la sensación es siempre la de ingresar a un espacio exclusivo, un territorio movido por un mecanismo invisible y donde mi misión es ajustar sus engranajes para que funcione aún mejor.

Una vez terminada la edición, el texto ya no es mío. Si lo escribí yo, es posible que quede archivado hasta que, como sucedió esta vez, me inviten a publicar y yo me anime. Si el texto no es mío, una vez editado, vuelve a su autor y quizás la próxima vez que lo vea sea publicado y eso es igual de gratificante porque me hace cómplice y lectora privilegiada de un nuevo libro.

En fin, por eso escribo: porque lo disfruto y porque, llegado el momento, no tengo opción: cuando un relato se asoma, no queda más que seguir el hilo, trenzar las hebras y tejer el texto.

HEBRAS SUELTAS

A las tres de la tarde el sol cae con toda su violencia sobre esta antigua casa, caldeando todos sus rincones, adormeciendo todo impulso. A nadie le importa que hayan pasado ya varios años desde el cambio de siglo: en este pueblo el tiempo se detuvo en un presente inmovilizado por el calor. Avanzo por la galería, llego al parrón y me encamino a lo más profundo del patio mientras humedezco mi cuello con un pañuelo impregnado en agua de colonia. Es lo más lejos que puedo llegar: sé que nunca me iré de aquí. Son sus gritos los que me sacan de mis ensoñaciones pocos segundos después. Corro, atontada por el miedo sin saber qué es lo que pasa. En un instante todas nos encontramos en el dormitorio principal: mi madre se cayó de la cama, grita y llora en el suelo mientras sus piernas se agitan sin dar con un apoyo. No sé si nos reconoce, pero se deja levantar sin resistencia, con resignación casi infantil. Y vuelve a sumergirse en el mutismo que estas últimas semanas se ha convertido en su único sello y que nos excluye y que vuelve más altos los muros de este caserón.

Aquí viene mi madre a levantarme con sus manos suaves y su aliento de menta. Está joven: aún no ha vivido lo peor y quizás por eso su sonrisa fluye fácil. Silenciosa y trabajadora desde siempre, transita ahora en mis recuerdos sin molestar, tratando de

51

ordenar el caos de mi mente. Me vuelve a sentar frente a la mesa en que dibujo y vuelve a instalarse frente a mí ovillando una madeja. Mis piernas cuelgan muy lejos del suelo. Con un lápiz rojo dibujo un corazón en la hoja alba de mi libreta y pienso que se lo voy a regalar en su cumpleaños, pero pronto me aburro, me olvido y de un salto me vuelvo a bajar de esta silla que me parece tan alta. Corro con el perro hacia el limonero. Su sombra es la única que se enfrenta al sol.

Esa noche nos reunimos todas para decidir qué hacer. El médico ya ha dicho que su deterioro es irreversible, que solo es cuestión de tiempo, que ya no sabe de sí misma ni del mundo que habita. Lucía, sin embargo, se opone. Nos quiere convencer de que no es así, que hay momentos en el día en que su mirada se centra y vuelve a tomar posesión de todo. Cada una de nosotras también lo sabe. Nos conocemos demasiado bien como para dudar de nuestras palabras y casi no necesitamos seguir hablando para saber que la decisión está tomada: ella se queda con nosotras. Le agradeceremos mañana al doctor por el dato de la casa de reposo que nos recomendó y de inmediato organizamos los turnos para cuidarla. No importa cuánto esfuerzo conlleve: ella haría lo mismo por cualquiera de nosotras sin siquiera dudar.

Ya no corro tanto. Estos zapatos que me obligan a usar son demasiado incómodos y evitan cualquier arrebato mío. Pero no es solo por eso: desde que quedamos solas mamá y yo, trato de no trizar este silencio que de algún modo nos protege. Si callamos lo ocurrido, tarde o temprano terminará por ser olvidado. Los manchones violeta poco a poco también se van esfumando de su piel. Solo mi espanto parece ser eterno, eso y este calor infernal que nos aletarga gran parte del día. Cuando sea grande — pienso — me iré a la ciudad. Allí conoceré a un hombre bueno y trabajador con quien formar una familia. Me han dicho que más hacia el sur el aire es más fresco y hay una brisa tenue que reconforta a cualquier hora. Ese deseo es ahora algodón blanco que desaparece con el roce de mis dedos.

Cinco de la mañana. Parto con el primer turno. Me ofrecí voluntaria porque ya hace tiempo que solo duermo unas pocas horas cada noche. Me visto en la oscuridad para no despertar a las demás y salgo hacia la cocina. Afuera las estrellas se recortan nítidas. Me quedo unos instantes observándolas simplemente por placer, y luego sigo rumbo a la cocina a preparar las infusiones necesarias para darle a ella un día más de vida. Mientras revuelvo la ollita me pregunto para qué, pero de inmediato me avergüenzo y me prohíbo esos pensamientos. La vida debe seguir su curso y punto. Hasta que Dios quiera o se aburra de nosotras.

Hebra a hebra deshago mi vida para no dejar nada que me ancle a este suelo. Pasé tantos años armando el tapiz de mi historia y para qué: para darme cuenta al final que la vida quedó en deuda conmigo, que los colores más lindos y los hilos más finos nunca fueron para mí. Todos mis sueños quedaron encerrados en estas paredes. Creo que fue esa tarde en que mi madre murió tomada de mi mano cuando supe que nunca me iría, que no sería capaz de mirar nada que no hubiese mirado ella antes. No tardó en aparecer un pretendiente al que acepté por aburrimiento, aun sabiendo que había llegado motivado por la pequeña herencia que mi madre logró dejarme. Me casé un año después, luego de cumplir un riguroso luto. No sé cómo me esperó tanto tiempo. No sé cómo yo lo aguanté tanto después.

Ya no habla, no nos reconoce. Pasa las horas deshilachando una sábana vieja y juntando los hilos debajo de la almohada. A ratos parece que nos hablara, pero en realidad solo murmura para sí misma, incapaz de hilar un discurso, de seguir una conversación. Cada vez duerme menos, pero eso no es problema: nosotras ya casi no dormimos y no nos importa. Estamos todas pendientes de su respiración, de su pulso, de la presión. Nuestro sistema ha funcionado y ya casi ninguna requiere salir de casa. Los vecinos, que algún cariño nos tienen después de toda una vida compartiendo la misma vereda, nos abastecen de comida. Con mucho cuidado preguntan por la salud de doña Magdalena y la de turno responde con brevedad, lo justo y necesario para saciar la curiosidad de los viejitos. En las tardes la recostamos en su dormitorio, abrimos las ventanas para que circule el escaso aire y ahí nos reunimos todas. A veces conversamos y a veces también ella pareciera regresar. Entonces nos dirige una mirada que puede ser de agradecimiento o tal vez de súplica, y el no saberlo es parte de nuestro tormento cotidiano.

Aquí me quedé con mi marido. Aquí fueron naciendo una a una mis hijas. Aquí resistí en los malos tiempos. Cuando él al fin se fue, todas respiramos aliviadas y no dejó de sorprenderme la

repetición de la historia. Ojalá a ellas les vaya mejor en la vida.
Me veo ahora trabajando en mi antigua máquina de coser,
haciendo pequeños arreglos por los que algo me pagan: pego
botones sueltos, hago una basta, coso un delantal. Cuando no llega
nada, preparo esos pancitos amasados que a las niñitas tanto le
gustan pero que ya no piden, porque apenas sienten el aroma que
sale del horno saben que es necesario venderlo todo y que de ello
depende que sigamos aquí. Ahora tomo el extremo de ese hilo y lo
empiezo a tirar. Tal vez si logro deshacer este entramado, libere a
mis hijas de repetir mi destino.

Hoy Estela se ha quejado de la mugre que hay alrededor de la cama
de nuestra madre. Que cómo es posible que no nos hayamos dado
cuenta y no hayamos limpiado el basural que hay. La vemos sacar una
bolsa llena de pelusas, pedacitos de tela, de los hilos colorinches con que
estaba bordado el cubrecama. Las demás la miramos sin decir nada y
lamentamos la inutilidad de su gesto. Nuestra madre sigue, incansable,
rasguñando todo lo que encuentra al alcance de su mano. Ya casi no
tiene uñas y sus dedos se ven aún más resquebrajados por el esfuerzo de
romper los tejidos. Es lo único que hace ya durante el día. No ha vuelto
a fijar la mirada en nosotras ni a murmurar ni a estarse quieta.
Permanece sentada entre lo que va quedando de los almohadones,
deshilachando todo. Estoy agotada. Todas lo estamos. Y no es necesario
decir nada para entender que todas estamos pensando lo mismo aunque
nunca en la vida lo vayamos a reconocer.

Mi primera hija: un hilo rosado. Hilos distintos para todas
las demás: naranjo, amarillo, turquesa y verde. Mi juventud
perdida es una larga hebra gris, anticipo de las canas que cubren
ahora mi cabeza, enroscadas en esta trenza que nunca me desarmé
y que se fue adelgazando con el paso de los años. Ese hombre que
un día llegó al pueblo y que se esfumó tan de repente, sumando
más lágrimas de esas que nunca lloré: una frágil cinta roja. Así
sigo, olvidando con la paciencia que siempre he tenido aunque para
ello deba recordar primero. Pero ya queda poco. Así lo evidencian
los restos de cojines y de cobertores que hay en mi cama. Son
apenas retazos, no se les puede sacar mucho más. Y de pronto me
empiezo a sentir tan cansada, pero tan liviana también. Intuyo
que esta única hebra que sobresale de mi camisón debe ser la que
sujeta mi aliento, así que cierro los ojos e inhalo con todas mis
fuerzas este aire de verano eterno al que me condenaron. Retengo el

aliento para captar el rumor de mis hijas por última vez: percibo cómo Inés revuelve una olla; Lucía intenta en vano zurcir una de mis mantas, y el leve crujir de la aguja atravesando la tela me es tan familiar que no puedo dejar de oírlo; Isabel palpa los limones mientras piensa en los hijos que le hubiera gustado tener; Estela, rigurosa como siempre, está encerrada en algún cuarto recogiendo basuritas del suelo y las guarda en el bolsillo del viejo delantal, el mismo que usé hasta hace poco y que antes usara mi madre; Agustina sigue con la mirada el vuelo de un pájaro que cruzó raudo el patio y le duele la rigidez de sus propios huesos. Es tan fácil observar ahora todo desde aquí, aferrada a esta última hebra, lúcida al fin y apoyada en el presente. Y es todo, ahora sé que esto es todo. El índice y el pulgar terminan la labor.

ADRIANA OROZCO ROCHA

Nació el 7 de julio de 1967 en Sevilla (Valle), Colombia. A los siete años su familia se mudó a Guayaquil, Ecuador, donde cursó sus estudios de primaria. Tras cinco años regresaron a Colombia, donde vivió con su padre y hermanas hasta 1982 cuando se fue a vivir con su abuela materna tras la inesperada muerte de su padre.

A los 17 años se trasladó a Dallas, Texas, donde tuvo dos hijos.

En 2007, se graduó de la universidad con un diploma en Diseño Gráfico Arquitectónico e Ingeniería Eléctrica.

Actualmente, trabaja para una oficina de Ingenieros, en Arlington Texas, como Diseñadora Eléctrica. En sus tiempos libres, asiste a las clases de Escritura Creativa de Atacama Press.

Adriana está escribiendo un libro basado en la vida de su padre, Rodrigo.

Historias por contar

Nota de la autora

Éste ha sido un año de muchos cambios, un año lleno de cosas nuevas que se han entrelazado con lo que ya existía en mí. Y hoy, a solo dos meses de terminarlo, se me hace la pregunta: ¿por qué escribo? Y entonces miro hacia atrás, a principios de año, cuando para mí escribir era un pasatiempo, algo que hacía de vez en cuando para contar alguna historia, alguna anécdota. Y entonces me doy cuenta de que escribo porque lo que sucede a mi alrededor es importante y quiero contarlo, dejar plasmado en letras lo que mis ojos ven, lo que mi corazón siente.

Éste ha sido un año de regresar a mis raíces. Empecé con el proyecto de escribir un libro para contar la historia de mi padre, el hombre que dejó más huellas en mi vida y que hoy, si estuviera vivo, aplaudiría mis metas y mis logros. Y por eso creo que la razón más importante por la cual yo escribo, aparte de querer contar la vida de mi papá, es que me conecta con el pasado y me obliga a reflexionar sobre las cosas buenas y malas que todos hacemos. Escribo porque el amor hacia él sigue latiendo aun después de 33 años de su muerte. No lo conocí realmente, lo amé solo por ser mi padre. No tuve la oportunidad, como la tienen muchas personas, de que al crecer dejan de ver a sus progenitores como los que nos cuidan en los años tempranos, para luego verlos como personas reales, con virtudes y defectos, con ideales, con metas y pasiones, y tal vez con muchos errores y aciertos. Yo no tuve eso, pero la vida me regaló los escritos de mi padre para que, por medio de ellos, yo lo conociera como el hombre que fue.

Escribo porque siento que en mí rondan muchas historias por contar, no solo vivencias mías, porque también mi imaginación vuela con personajes que únicamente existen en mi cabeza. Doy rienda suelta a la mujer soñadora que soy, escribo lo que tal vez nunca saldría de mi boca, pero pueden salir de un personaje creado por mí.

Escribo porque lo llevo en la sangre. Vengo de una familia de escritores "frustrados", por decirlo así, pues todos escribimos aunque nada de eso haya sido publicado aún.

No sé si soy la única, pero en mi mente hay muchas frases que quieren salir y que buscan el papel y la pluma como un bebé busca el pecho de su madre.

Escribo porque al leer el diario de papá y sus poemas, 33 años después de su muerte, me doy cuenta de que nadie es eterno y que si él no hubiera escrito sus pensamientos, sus ideas, su forma de ver la vida, yo nunca lo hubiera conocido en realidad. Y entonces pienso en mis hijos y escribo porque un día no estaré aquí, y mis ideas plasmadas en papel serán lo único que quede de mí. Será la conexión entre nosotros. Un día ellos leerán lo que escribo y también apreciarán mis palabras.

EL VIAJE

Cuando llegó la noticia del trágico accidente de su hermano Gilberto, el 20 de enero de 1976, Rodrigo dejó su trabajo abandonado para ir en su búsqueda. Tomó un avión a Loja y desde ahí partieron a caballo hasta llegar al Cerro Huayrapungo, cerca del accidente, en la pequeña población de Célica donde la Policía Nacional había centrado las operaciones de búsqueda.

En el avión, Rodrigo no podía parar de pensar en su hermano, en los tiempos de la escuela, cuando le fastidiaba que Gilberto lo siguiera a todas partes, en los paseos por los cafetales donde en la adolescencia se contaban sus conquistas y sus primeras decepciones amorosas.

Rodrigo quiso descansar un poco, pero el frío y los recuerdos se lo impedían. Sacó de su mochila un abrigo más grueso y cerró los ojos, pero era imposible dormir. La oscuridad de la noche se mezclaba con lo oscuro del autobús, solo podía ver las lucecitas de los pueblos, mientras el bus se perdía entre las montañas. De alguna manera, Rodrigo se sentía igual de perdido, era inimaginable para él que su hermano estuviera en algún lugar de esa selva, con frío, quizás herido, con dolor, con hambre y con sed. Pero la realidad era ésa y ahora, después de un día de haber escuchado esa noticia, su vida estaba dando un giro. Hacía muy poco que estaba muy cómodo en su oficina, sin pensar en ninguna calamidad; estaba en su casa, rodeado de sus hijas, sin saber que estaba a unas cuantas horas de introducirse en la selva para buscar a su hermano. La noche se desvaneció y la luz del sol se mostraba ya por entre los árboles que pasaban rápido por su ventana.

Rodrigo no habló con nadie en la estación. Caminó por los pasillos largos y viejos de la terminal hasta encontrar un puesto de comida abierto y ordenó un tinto negro, con solo una gota de leche y un solo cubo de azúcar. Preguntó al mesero cómo llegar al hotel del pueblo y se dirigió hacia él.

Célica estaba situado en las faldas del Huayrapungo, de azuladas montañas, verdes y profundos valles, de pintorescas casas de bareque. Rodrigo caminó frente al parque donde se destacaba la iglesia central. Entró al templo de estilo barroco y se arrodilló ante el altar, cerró sus ojos y pidió en oración que Gilberto estuviera bien, que solo esperara un poco más, él ya iba en camino.

Hacía una semana, Gilberto se disponía a hacer un viaje de negocios. Esa mañana se levantó temprano y se alistó.

Su esposa tenía un desayuno para él y su pequeño hijo. Se sentaron todos al comedor, él la miró a los ojos, sostuvo su mano y le dijo;

—¡Hoy estás más hermosa que nunca!

Ella se sonrojó, después de tres años de casados él aún seguía siendo tan galán como cuando se conocieron.

—Estaré esperándote aquí cuando regreses, contestó su mujer.

—Y yo estaré pronto de regreso —contestó Gilberto—. Cuida de nuestros hijos —le dijo a su esposa al despedirse, mientras acariciaba su vientre.

Al llegar al aeropuerto, hizo la fila para abordar el avión, era larga. El vuelo con destino a Loja desde Guayaquil iba lleno. Caminó por el pasillo y depositó su pequeña maleta en el estante para ellas, arriba de su silla. Se sentó y se ajustó su cinturón de seguridad. Sacó el libro que estaba leyendo y se acomodó para el viaje. Sería un vuelo más bien corto, solo 45 minutos. El avión tenía que alcanzar cierta altitud, muy rápido después del ascenso para evitar un accidente. Era una zona de cordilleras.

A su lado estaba sentada una mujer cuya expresión le inspiró confianza. La miró y le preguntó el motivo de su viaje.

—Voy a visitar a mis padres, contestó ella. ¿Y usted?

—Un viaje de negocios, solo por un par de días, dijo Gilberto.

—No se preocupe, todo saldrá bien. Ya verá, en poco tiempo estaremos en Loja. No se ponga nervioso, le contestó la mujer mientras tocaba la mano de Gilberto en un gesto de apoyo.

En ese momento sintieron una sensación de vacío cuando el avión empezó a ascender. Sus cuerpos se fueron hacia atrás. Él se agarró fuerte de la silla. Sintió que algo no estaba bien. De repente escuchó un ruido, como de metal torciéndose. La luz se apagó. Los pasajeros empezaron a gritar. En pocos segundos había pánico. No hubo aviso del piloto: él no tuvo tiempo de reaccionar a la alarma. Un segundo antes se había activado el sistema de alerta de proximidad a tierra en la cabina del piloto, anunciando una inminente colisión contra el terreno montañoso, haciendo sonar una alarma. El piloto había perdido el control al no alcanzar la altitud necesaria, se enredó con la vegetación y se estrelló contra la montaña. Golpeando árboles, el avión se desintegraba mientras impactaba los peñones al caer.

El ruido de las alarmas aturdió sus oídos. Las ráfagas de viento corrían ya por el pasillo como silbidos, llevando consigo todo lo que encontraron en su camino. El cinturón de seguridad se abrió con el choque y el fuerte viento le desprendió su ropa. Cuando él miró a su lado, la mujer ya no estaba. Sintió su cuerpo caer. Su brazo se enredó en el metal torcido del ala cuando colisionó con ella y lo mutiló. Dio varios giros en el aire. Se golpeó contra las ramas de los árboles que crecían en los peñascos. Perdió el conocimiento.

La policía había concentrado las operaciones de rescate en Célica. De ahí partió Rodrigo, junto a la comisión de miembros de la guardia, paramédicos, forenses, ingenieros, voluntarios y algunos familiares de los pasajeros desaparecidos.

El grupo caminó cerro abajo, encontrando restos de la aeronave. Las labores de recuperación se alargaban por la empinada topografía andina, los vientos eran muy fuertes, la neblina hacía difícil la búsqueda y las muy bajas temperaturas congelaban los huesos.

Los días se hacían largos. El cansancio ya se podía ver en su rostro en forma de bolsas cafés que rodeaban sus ojos grises. Y con cada hora que pasaba, Rodrigo perdía poco a poco la esperanza de encontrar a su hermano.

En la mañana del quinto día, Rodrigo se acercó a una pila de restos del avión. Se dio cuenta que era una parte del fuselaje. En su interior aún se encontraba una silla y la parte del maletero, volcados hacia abajo. De repente escuchó un gemido. Y pidió a Dios que fuera su hermano. Trató de levantar el pedazo de metal, pero estaba demasiado pesado. Al no poder, llamó a una cuadrilla de rescate y hallaron a dos hombres. Rodrigo quiso mirar sus caras, pero había mucha gente rodeándolos, empujó y se hizo camino entre ellos hasta llegar a las personas. Su desilusión fue grande al ver que ninguno era su hermano. Cayó de rodillas en medio de los escombros, sintió que su corazón no aguantaba más. Quiso llorar, pero no pudo. Había mucha gente a su alrededor.

Esa noche regresó al cuarto de la pensión, cansado, con frío y sin esperanzas. Tenía que sacar fuerzas de donde no las tenía para encontrar a Gilberto.

Se quedó dormido, con un sueño inquieto. Soñó con su hermano. Lo vio vestido de blanco, corriendo por los cafetales como lo hacían cuando eran niños, lo vio riendo, jugando, escuchó su risa estruendosa y divertida. Corrió tras él, pero no pudo alcanzarlo. Despertó bañado en sudor. Se sentó en la cama y lloró, lloró hasta el cansancio, podía hacerlo en esa habitación porque estaba solo.

Al día siguiente reanudaron la búsqueda. Ya se acercaba la noche y regresarían al pueblo una vez más sin resultados.

—¡Hay un cuerpo aquí! —gritó el policía.

Rodrigo alcanzó a escuchar al guardia, no estaba muy lejos de ahí. Sintió su piel erizarse. Dio vuelta y corrió hacia el lugar.

Gilberto estaba debajo de un árbol, acostado como si se hubiera tendido a dormir en posición fetal, con el brazo izquierdo bajo su cabeza, como descansando sobre él, ocultando bajo su cuerpo la enorme herida. Su cara no tenía expresión de dolor ni sufrimiento, más bien había paz y calma en su rostro. Rodrigo, al verlo, se acostó a su lado. "Estoy aquí", le dijo al oído y puso sus brazos alrededor del cuerpo de su hermano.

JAVIER RUIZ

Nacido en Antequera (Málaga, España), en septiembre de 1968. Vive en Granada desde niño. Ha estudiado y abandonado las carreras de Filosofía, en la Universidad de Granada, y de Lengua y Literatura Españolas, en la UNED. Es librero de viejo (www.libreriapraga.com), desde 1997. Ha publicado relatos, reseñas y artículos de opinión en fanzines y revistas como Música en Blanco y Negro, Ficciones, La vuelta al Libro, El Diario Ideal o Tanyible. Participó en el libro del I Concurso de Micro Relatos del Museo de la Palabra. Colabora en la emisora de radio "La voz de Granada" con secciones sobre literatura en "La plaza humana" y "Mira que te diga". Es el autor del blog www.todolomaloseaesto.com. En twitter se hace llamar @sevennorth.

Si surgen historias

Nota del autor

Tercero de BUP, una redacción sobre un tipo que se levanta. Solo eso. El tipo se levantó y llegó a una pared que no acababa nunca. Nunca. Toda la clase en silencio, expectante. Al final, aplaudieron. Luego, ocasionalmente, volvieron a surgir chispazos: un tío que mira un pantano y ve reflejado su infierno en el agua y en la oscuridad, un grifo que gotea en la cabeza de alguien que quiere dejar de beber, un álbum de fotos sobre librerías, una mujer con el pelo demasiado oscuro. Las miles de hojas leídas, los cientos de libros que cada día el librero compra, limpia, hojea, cataloga o vende, se convierten en esas pocas páginas que devuelvo como un débito de felicidad contraída a lo largo de una vida pasada junto a los libros. Escribo porque qué voy a hacer: si surgen historias, habrá que intentar contarlas.

TINTE NEGRO

No la conoció cuando le abrió la puerta. Ella iba detrás de su marido, cobijada tras sus espaldas. Tenía una melena negra, excesivamente tintada, las pestañas mal maquilladas y los ojos azules demasiado bonitos, fuera de lugar en una cara arrasada. Enseñaba el piso con el oficio que da llevar años trabajando en una inmobiliaria, aunque éste era de su propiedad y había vivido en él, lo hacía fuera de su horario laboral y siempre estaba algo más cansado. Su jefe le pedía simpatía, mucha simpatía. No le hacía caso: hay que ser cordial pero no parecer estúpido.

El recibidor era pequeño, los clientes querían entrar rápido hasta el salón, había que pararlos, marcarles el ritmo de la visita, que vieran el bonito y coqueto aseo que había en la entrada. Que se fijaran en los azulejos, los había elegido con Silvia, en los tiempos de la felicidad, y eran blancos con algunas piezas con lunares azules. Conoció a Ana, la señora que había detrás de los ojos azules y la cara arrasada, en los años finales de la infancia, en esa etapa en la que desaparecen los juegos y aún no has llegado a la Universidad, cuando ni siquiera tienes la mínima independencia como para quejarte de que no tienes independencia. Esos años crueles de instituto e incertidumbre en que no sabes manejarte con nada ni con nadie.

El suelo de madera nacía en la entrada de la casa y llegaba hasta los dormitorios. El marido comenzó a hablar con una extraña mezcla de humildad y orgullo. Reconoció de inmediato ese tono que adoptan los varones al cumplir cuarenta y tantos cuando creen que han triunfado. Le sorprendía que casi todos sus conocidos hablaran así. Hablaba sin mirar a su mujer a los ojos, sabiendo que ella no le llevaría la contraria. Le contó que tenían una empresa, que lavaban coches y que habían ampliado el negocio, no, no les iba mal a pesar de la crisis. Vivían en una casa en un pueblo cercano, con jardín y piscina y, aunque estaba muy cerca de Granada, tardaban mucho en llegar desde el trabajo. Ella movía los restos de ojos azules que había detrás de las pestañas y asentía descuidada, como si necesitara estar de acuerdo y mostrar ese acuerdo pero no le importara nada. Qué cómoda la ducha. Sí, es muy útil. Ya veréis como la usáis mucho cuando viváis aquí. Le gustaba poner a los clientes a vivir en el piso, que vieran la comodidad de las casas que enseñaba. Intentaba que la gente a la que alquilaba pisos fuera feliz en sus nuevas casas, empujarles un poquito solo si veía que podían estar cómodos, asumir el alquiler, llegar al trabajo rápido. Se sentía más tranquilo cuando se comportaba así y, creía, les transmitía tranquilidad a sus clientes.

El momento clave en esa vivienda era el salón, era grande, muy grande, pero no tenía luz. Si era de noche no se notaba, pero cuando los futuros inquilinos volvían de día sí que se darían cuenta. Hicieron una gran reforma y juntaron el balcón, el pasillo y el salón. Silvia estaba con los tratamientos de hormonas y cada vez que iba al piso se peleaba con los albañiles. Durante la obra vivieron en un pequeñísimo estudio que les prestó una tía suya, Silvia estaba siempre muy preocupada y muy enfadada. En el estudio no podías huir, todo el día juntos, todo a la vista, como si la habitación fuera una cárcel transparente que mostrara la ruina en la que se había convertido o se convertiría su matrimonio. La obra iba a durar una semana y duró tres. Cuando acabó, él estaba radiante, el piso había mejorado y era más confortable, había espacio y comodidad pero algo se había roto entre ellos. Pensó al principio que era solo el estrés, el cansancio de vivir en casa ajena e incómodos. Ahora, años después, no sabe qué sucedió. ¿Qué ocurrió en aquellos días, además del fracaso en el tratamiento de fertilidad, para que todo se jodiera de esa manera? Miró el salón y pensó que era lo último bueno que habían hecho entre los dos. Ahora, que volvían a vivir juntos fingiendo que se querían y ayudándose en la tristeza, ahora que se querían a través de una cierta distancia, casi sin tocarse, respetando el espacio de cada uno como si en sus fronteras hubiera descargas eléctricas, ahora que aunque vivían en una casa más grande, con una habitación para cada uno, ahora añoraba intensamente aquel tiempo en que construían su vida juntos.

Miró a la señora y pensó que le recordaba a alguien. Su cara estaba en algún lugar de su pasado. ¿La habría conocido realmente? ¿A quién le recordaba? De inmediato pensó en si hubiera podido tener hijos con ella. ¿Sería fértil? ¿Sería él fértil con ella, con otra ella? Miraba a veces a sus sobrinos y los quería tanto que le dolía. Pensaba en robarlos, llevárselos, que fueran suyos. Luego pensaba que se cansaría, que ya no sería buen padre, que los niños, ay, los niños. ¿Cómo hubiera sido su vida si se hubiera quedado en otra chica? ¿Si las múltiples coincidencias que lo llevaron hasta Silvia y hasta el dolor actual hubieran cambiado algo, un poquito? O si los niños hubieran llegado.

La pareja observaba el salón y se miraban. Pensó que a él le gustaba el piso y que a ella no. También que a ella le daba igual realmente todo aquello. Le extrañó su comportamiento: parecía un perro recién recogido, sin voluntad ni decisión. No le preocupaba mucho si se lo alquilaba o no. Cuando comenzó la tremenda crisis en la que vivían llegaron, él y Silvia, a varios acuerdos de supervivencia: volverían a vivir juntos en la casa que compraron, alquilarían el piso para que siempre estuviera ocupado y compartirían la pseudo ruina en la que se habían metido con la hipoteca hasta que lograran vender bien la casa. Sabían que eso significaba vivir al menos diez o quince años juntos, diez o quince años con alguien que ha sido pero ya no es tu pareja, muchos años con la esperanza de que la situación cambiara, que pudieran vender la casa, el piso, quedarse sin deudas. Comportarse muchas veces como pareja, incluso hacer el amor o irse de viaje juntos y otras muchas como si fueran unos amigos o hermanos bien avenidos o distantes, que, aunque no hablaban entre ellos de las terceras personas, conocían su existencia y que algunas se habían convertido en compañías estables.

¿Lo alquilarían? Todo el mundo tenía ese comportamiento civilizado y educado cuando visitaban una vivienda, sonrisas chicas, palabras medias y una cercanía falsa. No estaba mal, no entendía a aquellos que abiertamente decían que no les gustaba, que no les cuadraba o querían que el precio del alquiler bajara a niveles ridículos. Intentaba adivinar si se quedarían y los escudriñaba mientras mantenían la conversación en las frases convencionales de rigor. A la vez, pensaba que no tenía ni idea de lo que estaban pensando. El hombre hablaba y hablaba y se había bajado la cremallera de la cazadora y llevaba un polo negro de baratillo. Tendrían dinero pero no lo gastaban en ropa.

Desde el salón los llevó al baño.

—El baño está arreglado: las tuberías, los grifos, los azulejos, todo nuevo.

Todo aquello que repetía cada día en cada caso, intentando no mentir y resaltar cada virtud de cada casa. Recordaba los años que vivieron allí, las interminables noches, los amigos borrachos, lo jóvenes que eran y lo estúpidos que llegaron a ser. Le vino la habitual sensación de fracaso y hastío. Empezó a pensar en que era infeliz, que no quería a Silvia y que estaba atado a ella, que estaba en un callejón sin salida que duraría más de diez años, quiso apartar las nubes negras de su pensamiento y el hombre le dijo que si podía entrar al baño. Deseaba que llegara el fin de semana, compraría una botella de whisky y buscaría algún vinilo y un buen libro. Bebería solo, tal vez Silvia estuviera en casa. Le gustaría tener un perro, pero habían llegado al acuerdo de no tener mascotas, si no tenían niños porque iban a tener sucedáneos, dijo Silvia. Estaba equivocada, sí, pero no quería discutir más. Pero le hubiera gustado tener un perro. Volvieron al salón y notó que la mujer se acercaba a él. Que se había acercado más de la cuenta. Lo miró a los ojos y luego hacia el balcón.

—No hay luz de día, ¿verdad?

Ella se había dado cuenta, no había nada que hacer, no lo alquilarán, hay que acabar la visita bien y ser amable. Una venta fallida podía ser una semilla sembrada si se lograba buena relación con los clientes, si no, siempre era más fácil ser agradable, sabía hacerlo, era un profesional de la simpatía.

—No, no hay luz de día, solo en esa zona.

La mujer le había cogido el brazo y no lo soltaba. Miraba hacia fuera y él veía su perfil. Todavía era bonita. Una cara con historia, que contaba que había sufrido, que había vivido, que había malgastado pero que todavía tenía luz en sus ojos derruidos. Lo miró intensamente de nuevo, casi con mala educación. Parecía decirle algo que él no entendía. Ahora estaba viva, había cambiado al irse el marido, ya no tenía esa actitud de desidia y abandono, los ojos azules brillaban y miraban, toda la cara había cambiado y de golpe, había fuerza, interés, vida en su rostro.

Siempre se había reído de sus amigos que contaban supuestas

seducciones repentinas. Siempre había pensado que es imposible saber si una mujer quiere follar contigo porque te diga esto o lo otro, porque te coja el brazo o te sonría. Sabe Dios qué quieren decir cuando hacen esas cosas. Pero esta vez sintió que la señora de los ojos extintos quería algo de él. Algo extraño que le provocaba, a su vez, deseo. Es una locura, pensó, su marido está en el baño.

El tipo salió del baño sin la cazadora y el barato jersey negro le pareció ridículo. Julián respiró aliviado hasta cierto punto. Aunque en su convenio no escrito de divorcio estaba explícitamente claro que no había problema en que estuvieran con otras personas, seguía sintiéndose extraño. La cercanía, la evidencia, del marido, la posibilidad de que otros pasaran por la ruptura o el engaño que él había provocado, de que pasaran por el infierno que él había sufrido, no le apetecía en absoluto. La señora había recobrado su distancia, su gesto inane, su pelo había dejado de brillar y sus ojos se habían vuelto a apagar. Una loca –pensó–, pero no era una loca y, de alguna forma, lo sabía. Abrió la estrecha puerta que daba paso a las habitaciones. Les cedió el paso y ella se retrasó, se quedó por detrás de él y se fue hacia la ventana.

Las tres habitaciones daban a un minúsculo pasillo. Le gustaba continuar la visita por la habitación de la izquierda, que tenía una ventana que miraba hacia la Vega. Cuando vivían en ese piso, la usaba para leer y fumar, cuando todavía se fumaba en el interior de las casas. Miraba hacia los árboles y hacia la poca lejanía que permitía la orientación de la casa. Ahí pasó horas fumando y viendo como su matrimonio y parte de su vida se iban jodidamente a la mierda. Se dio cuenta de que había empezado a hablarle de usted al marido que lo miraba extrañado. Cambió otra vez al tú y balbuceó una excusa. Había perdido la soltura habitual, no estaba centrado en sonreír, contar, acompañar. ¿Dónde estaría la jodida loca? ¿Por qué tenía que enseñarle el piso a un tipo con ese polo negro tan horrendo? Le vino una sensación de profundo mal humor, quería acabar con la visita y no sabía cómo hacerlo, cómo acelerar los tiempos para, sin ser maleducado, lograr que se fueran, llegar a su casa, saludar a Silvia, tal vez hablar un rato con ella si estaba de buen humor, tal vez tomar una copa de vino y fingir que eran una pareja normal. Pensó en comprar alguna comida, algo especialmente rico y cocinar un poco, no era tarde e igual ella estaba en casa también. Podía enviarle un mensaje y ver si le apetecía algún paté, algún queso especial, él invitaba, sí, él iría a comprarlo, sí. Vino, sí, sí, lo que ella quisiera. Estaba recuperando una estampa de la vida en común antes de los millones de discusiones estúpidas que tuvieron mientras su matrimonio saltaba hecho añicos. Pero la realidad no era así, ya no había discusiones ni enfados, solo distancia, tristeza y soledad. Alguna noche después de beber más vino de la cuenta se habían acostado juntos llevados más por la costumbre de años de matrimonio y por la soledad que por el deseo. Después le quedaba una extraña resaca de desamor y alcohol con doble culpabilidad terrible. Al día siguiente se levantaba, cogía la hoja de cálculo y comenzaba a hacer cuentas febrilmente, volvía a poner cada dato, cada posible venta, cada gasto hasta que llegaba a la conclusión de siempre: estaban unidos por las deudas y la hipoteca. Si dejaban de vivir juntos se convertirían en algo muy parecido a dos parias. Una mañana ella pasó por detrás y vio las cuentas, lo miró con odio y le dijo que por lo menos mantuviera la compostura, se sintió ofendida y durante bastante tiempo ni siquiera le miraba a la cara. Fue un extraño divorcio dentro del divorcio, una ruptura de lo ya roto que, le produjo más dolor aún. La buena educación les había permitido lamerse las heridas con una cierta dignidad. Perder la compostura, escenificar el desastre con caras largas y desdén le había provocado una profunda incomodidad, había convertido su curiosa situación, ahora sí, en un infierno. Aprendió que su matrimonio una vez extinto tenía unas reglas más estrictas que mientras andaba vivo y el cariño reparaba errores y equívocos. Ahora, se trataban con la elegancia con la que tratamos a los conocidos con los que no tenemos confianza. Esa vacía forma que toman tantas relaciones sociales y que tan buenos resultados trae cuando no necesitas enfrentarte con la realidad o con incómodas preguntas sobre qué son y porqué son algunas relaciones. Sobre qué son y porqué son tus relaciones.

Se dio cuenta de que el tipo lo miraba extrañado, Ana había vuelto y miraba por la ventana. Oyó un comentario sobre la Vega, qué pena que no se vea más. Bueno, algo es algo. Estaba confuso, un extraño día con esta extraña pareja que parecía haber llegado en el peor momento. Miró la habitación y la vio vestida con sus muebles, con Silvia sentada en un cojín sobre la alfombra roja del Ikea, comiendo un pastel y leyendo a Jane Austen. Miró a Ana y le pareció que la conocía. Salió y comenzó el monólogo del pequeño cuarto que había junto al dormitorio principal mientras pensaba que debería haber sido la habitación de sus hijos, de su hijo. Nunca llegó a estar amueblada completamente, alguna bolsa de viaje (una Adidas, azul, imitación de las de los setenta, que compraron en un viaje a Almería y que quería guardar para el niño), una mesa baja que le daba pena tirar. Pequeños cadáveres que volarían con el embarazo, con el nacimiento del niño.

–Esta habitación tiene mucho sol, da el sol por la tarde y es muy agradable. Ya veréis en invierno como da el sol –. Su voz sonaba apagada y poco creíble. Se oía torpe y nada profesional. Total, no lo quieren. Son raros. La señora de la extraña belleza le cogió del antebrazo para hacerle una pregunta sobre las cortinas.

–No, no tiene cortinas –. Pasó junto a él y sintió una pizca de deseo y hastío al notar el roce. El marido se había adelantado y estaba en el dormitorio de matrimonio. Los llamaba, a ella, y hacía comentarios sobre el gran armario. Salieron de la pequeña habitación y al dejarle paso, volvió a rozarlo y sonreírle. Dos grandes puertas llenas de ropa de Silvia, la suya en una de las puertas. Silvia desnuda mirando la ropa, decidiendo qué ponerse. Él a sus espaldas, remoloneando en la cama para verla. Miró la habitación y vio el cuadro que compraron en Burdeos, en el viaje aquel que hicieron para intentar salvar su pareja. Un pequeño rectángulo con manchas azules y grises, según él, la Plaza de los Espejos, Silvia decía que no. No era un buen cuadro pero le gustó comprarlo, una pequeña tienda de madera, una señora terriblemente francesa, la ciudad con las grandes plazas y las calles acogedoras. No se habían acordado de llevárselo. Lo miró y se entristeció aún más. Era un despojo de lo que su vida había significado, un adorno comprado por turistas y abandonado sin darle importancia. Recordó las voces, la tristeza sorda de ver cómo se rompía la pareja, a Silvia callada, hecha un ovillo, mirando al espejo. El marido sonreía de nuevo y ella lo miraba fijamente, sin prestar ahora atención al tipo del cutre jersey negro. Empezó a hablar sobre las bondades de la habitación mirándola a ella. El tipo se atusó el pelo y se calló. Ahora sí que no se quedarían el piso. Les hacía falta, no era verdad que no le importara alquilarlo, ya llevaba dos meses vacío y la hipoteca no los dejaba vivir. Les hacía falta. Tenían dos hijos, lo habían dicho. Esa chica que le sonaba tanto la cara, sí que era fértil. O quizás fuese él quien no podía tener hijos. Si Silvia se hubiera quedado embarazada, si hubiera llegado el crío que tanto habían deseado. Quería los hijos y ella también los quería y cada fracaso se iba sumando a pequeños fracasos sin importancia. Ana lo miraba seria, esos extraños ojos que se encendían con vida y se apagaban con desinterés lo miraban con tristeza. El marido se dio la vuelta y fue a la ventana del salón. Él se acercó a la ventana del dormitorio, subió la persiana y miró la plaza que había debajo: un par de chavales con una moto y un litro de cerveza. Coches que pasaban continuamente. Dos o tres niños aprovechaban un minúsculo espacio encima de una cochera para jugar al fútbol. Vida sana de barrio, diría algún imbécil. Cerró la persiana y le sonrió. Ella se volvió, lo miró y se fue hacia el salón. Se despidieron con las frases habituales. Sí, qué bonito es. Qué grande el salón. Mucha luz, lo pensamos y te llamamos. Claro. Claro.

Cerró la puerta y fue cerrando las persianas. Tenía una sensación de profunda tristeza. Oyó un mensaje en el móvil: "No me recuerdas, Fideo". Fideo. Era el mote que tenía en el instituto, la señora de los ojos arrasados lo había conocido y ahora él también la recordaba. Volvió al dormitorio, subió de nuevo la persiana y miró hacia la plaza. No se veía a la pareja. El pasado había estado un rato rondándolo mientras él pensaba en otro pasado. Volvió a cerrar la persiana. Guardó el móvil. Apagó todas las luces y salió del piso vacío.

LA PRINCESA Y EL SACO

Cuando me fui de aquí la ciudad cambió y el barrio pareció quedarse lejos y se fue vaciando. Recuerdo esta calle con más luz, con la luz brutal del sur y del verano. El suelo estaba empedrado y brillaba el sol. Ahora me parece una calle más del norte, de donde vivo. Era verano y mis padres aún vivían. Han pasado más años de los que parece. ¿O no han sido tantos? Recuerdo la última mañana que paseé con él. Fuimos a buscar el libro de Molina Fajardo por las librerías de viejo y no lo encontramos. Mi padre quería ver la lista de fusilados en el cementerio de Granada, decía que ahí venía el nombre del abuelo. Me gustaría saber si logró comprobarlo.

Entro en el bar de enfrente de la casa, ¿de mi casa? ¿Cuándo se deja de llamar "mi casa" a la casa de los padres? Está limpio y es como si lo hubieran vaciado y un decorador loco y minimalista lo hubiera rellenado con cosas de Ikea. A mi padre no le gustaba venir porque no se fiaba. Ahora le gustaría. ¿Sí? ¿Estas lámparas? Pongo la maleta roja en el suelo. Hay una servilleta lejos, al final de la barra. Nada que temer. Un café con leche, por favor. Levanto la vista, estoy justo enfrente. Una cochera cerrada, la cochera de los Córdoba, y encima la ventana. Debería estar allí mi madre. La persiana verde de madera está un poco torcida. El viento la ha movido. ¿Quién vivirá a partir de ahora allí? ¿Quién comprará esa casa? ¿Qué harán con ella? Ya, ya sé que la mejor opción es vender. Pero no me gusta. No tengo dinero para quedármela. Ojalá

73

pudiera. Mi vida está lejos, allí arriba, en el norte, donde la luz no es luz y el cielo es gris frío. Pero llegas, abres la puerta y unos ojos chicos te dicen que te quieren y una mirada dulce te abraza. Ya las estoy echando de menos y solo llevo unas horas fuera. Aquí lejos también hace mucho frío. Otro frío. Cierras las ventanas y fuera puede que no exista la luz del sur.

La luz del sur. Cuánta mentira hay en la añoranza. Me fui porque odiaba esta ciudad. Odiaba a la gente que tenía alrededor y empecé a odiar también a la poca gente que quería. Llegó Teresa y fue la excusa perfecta. Qué suerte tuve. Levanto la cara y veo a una vieja siniestra que me pone los pelos de punta. El camarero moreno habla con una pareja. Bajo los ojos, sin saber por qué, sé que me está mirando. Es solo una vieja loca y excéntrica, no debería pensar nada raro, no debería tener miedo. Muevo lentamente el café. Yo no creo en estas tonterías. Vengo a recoger restos de muertes, no mi muerte. Más lento. Sin levantar la vista. Un trago y esperar. Los ojos abajo, más atrás que el café que ya se acaba. Oigo un coche que pita. Apuro el café. Voy a la barra. Pago. Me tocan el hombro. No, no tengo fuego.

Ha salido el sol y la calle parece distinta. Más limpia y luminosa que antes. Necesito estar sereno y tranquilo. El portal está descuidadamente limpio. ¿Cuánto hace que murieron? Mi padre casi cinco años; mamá, solo dos. Debería haber venido antes. No me gustaría encontrarme con ninguno de nuestros vecinos. ¿Qué les podría decir? ¿Estarán bien Carmen y Paco? Al llegar al rellano me fijo en la puerta, antigua, altísima en comparación con las de ahora, que necesita una mano de barniz. No me gustaría que mi madre la viera así. No hay luz eléctrica, intento llegar hasta la ventana, es fácil, todo está como antes. Cuando entra la luz, veo una habitación pulcra, parece que mi madre la limpió justo antes de morirse. Hay polvo y se nota que no hay vida, pero todo está perfecto, todo colocado: el absurdo tapete blanco, que el tiempo y la muerte han amarilleado, está en el centro exacto de la mesa camilla. Ninguno de nosotros, de ellos tampoco, creo, quiso volver a esta casa cuando ella murió. Puede que yo sea el primero en pisar esta habitación desde entonces. Tengo la garganta seca y un pellizco en el estómago. No sé porqué he venido. Me gustaría saber si mi padre logró comprar el puñetero libro de Molina Fajardo y si venía el nombre del abuelo en la lista. Podía haberlo mirado en otro ejemplar; estará en la Biblioteca de Andalucía o en Google. Pero quiero ver su libro, ¿lo habrá anotado? También he vuelto porque quiero volver a estar con ellos, cerca suyo, tocar sus cosas. Sé que no puedo llevarme nada, mi abogado me matará si lo hago. Entro en la biblioteca y mi madre está sentada en su mecedora de madera junto al balconcillo y me sonríe. Siento un frío intenso en las rodillas. Quiero hablarle, abrazarla, llorar. No puedo. Quieto. Le sonrío. Sé que me está acompañando. Me señala un álbum de fotos, quiere que me lo lleve, no, no lo mires aquí. Me dice que el libro de Molina Fajardo no está y también que el abuelo no venía en la lista. Tu padre dijo que debería de venir, pero no viene. Mamá vuelve a sonreír y dejo de sentirla, de verla. Me siento enfrente, en la mecedora de mi padre. Abro la ventana y miro hacia la calle. Un día normal de un triste otoño en la triste Granada. Estudiantes paseando. La gente del barrio va a desayunar al bar de los muebles de Ikea.

Con la luz tamizada de la ventana miro las demás habitaciones. Todo está en orden. En la mesilla de mi padre, mi madre sonríe jovencísima en blanco y negro con la cara muy fina, algunas pecas, muy guapa. Mi padre está en la otra mesilla con gafas de sol, muy moreno, con el pelo largo. Grande y con barba, sonríe. Asombrosamente joven. Me doy cuenta de que envidio el cariño que ellos sentían. Me doy cuenta de la suerte que tuve de que ellos fueran mis padres. Papá era un tipo alto, bonachón y risueño. Nunca me fijé en lo que él sentía hasta que se murió. ¿Cuándo sufría? ¿A quién le contaba que le daba miedo la muerte? ¿Sabría, sabrían, que los quería?

La casa está muerta, hay algo vacío que da vértigo en este orden inerte y petrificado. La sensación de incomodidad me puede. No quiero irme, puede que vuelva mi madre. ¿Papá?

Sé que debo llevarme el álbum. No debo mirarlo aquí.

Reviso sus libros. Muchos de ellos los leí entonces y me retraen a esta casa cuando estaba viva, a mi habitación compartida, a una colcha azul de lana y una bombilla tristona e incapaz. Recuerdo la cara de mi padre escuchándome con atención cuando acababa un libro, sin decir ni pío y con esa expresión seria y alegre que yo no entendía.

¿Qué pasará con los libros? A ellos nunca les interesaron. Me acerco y los miro más detenidamente. Ediciones baratas de grandes autores. Mi padre decía que eran su religión. Cuando me fui me llenó una maleta con los que él sabía que más me gustaban. Me hizo prometerle que no se lo contaría a nadie. Quise negarme, a los otros no les gustaría. Me obligó y me dejé encantado. Huelen a Papá, a Mamá y a un tiempo que se fue. Huelen a abandono. Recuerdo a mi madre con el plumero limpiándolos como si acariciara sus letras. Estoy sentado en un cojín en el suelo, leo a Baroja, hace un calor tremendo, las persianas verdes bajadas difuminan la luz. Mi padre trae limonada y se sienta en su mecedora con un libro muy gordo. ¿Guerra y Paz?

Suena la alarma del móvil. En una hora saldrá el autobús. Luego un tren y estaré en casa con Teresa y la pequeña que me pidió que le comprara un cuento: "La princesa y el saco" ¿La Princesa y el saco? Sí, papá, "La princesa y el saco".

Me parece absurdo haber venido. Tengo que darme prisa. ¿Existirá realmente "La princesa y el saco"? En la mano el móvil, en la otra un libro de Reno de Piasecki. Me siento ridículo. ¿Qué pretendía encontrar aquí? Me gustaría llevarme los libros, me gustaría quedarme con la casa y con el recuerdo de mis padres: atrapar lo que queda de ellos y conservarlo. Ya buscaría dónde colocar los libros. Él seguro que preferiría que yo los tuviera.

Un ruido en la puerta. Mi hermano me está mirando, detrás su mujer. ¿Cómo puede ese tipo ser hijo de mis padres? ¿Qué ocurrió? Me sonríen sorprendidos. La mirada de los otros te convierte en lo que fuiste cuando ellos te miraban. Lo que ellos piensan de ti te puede ensuciar. Los saludo con cortesía, también yo sé fingir. Suelto el libro y le doy la mano, la tiene helada, intenta apretar con fuerza pero su mano parece muerta. Dos besos a ella. Abrigos largos oscuros, trajes perfectos, peinados escrupulosamente impecables. Ninguna pregunta. Me siento con muchos años menos. Vuelvo a estar en su radio de acción. No quiero intercambiar comentarios de rutina, ¡no quiero hablar con ellos! Sí, hace frío allí arriba. Mucho frío. Teresa está bien y la niña también. No le pregunto nada. El libro de Piasecki en la mano. Me aferro a él. ¿Mi hija? Lejos de ti, cabrón. No respondo más. Me tengo que ir, lo siento. Les cambia la cara. No he sido lo que había que haber sido. Que se jodan. No quiero que me vean más. Siento que me chupan la energía. Ellos, su tristeza, son sombras que te engullen y te matan.

En la calle miro hacia arriba. La persiana está ahora subida. Mamá me dice adiós con la mano. No te preocupes, sé tratarlos, tienes que comprenderlos. Pero vete, tú, vete.

Al fondo de la calle veo a la vieja siniestra que tanto miedo me dio antes. Va en dirección a la plaza, lentamente. No mira hacia atrás y gira a la derecha, hacia el antiguo monasterio.

La princesa y el saco. No me queda tiempo. Corro a buscar un taxi. La maleta y el libro en la mano. ¡No he cogido el álbum! Tengo que volver corriendo. El portal está abierto, arriba llamo a la puerta. Mi cuñada, tan rubia, me abre y se aparta. Mi hermano es transparente. Cojo el álbum. Me doy cuenta de que mi abogado dirá que soy un estúpido. El transparente sonríe sin disimulo. ¿Qué inventará? Me alegra verte, tío. Me alegra saber que no estoy contaminado. Me alegra verte y saber que no existes. Miro a mi guapa cuñada y ha perdido la máscara. Está desencajada. No puedo evitar la risa. El álbum y el libro barato, mi tesoro. ¿Qué inventarán?

El viaje ha sido un éxito. He vuelto y los he mirado de frente. Ya no importan. Ya sé que tendré que volver y que no volveré, aunque me cueste el dinero. Una estupenda sensación de alivio me invade. Cuando llegue a casa ellas me mirarán y volveré a ser yo. El yo de mis padres. ¿Cómo pudieron criar ellos a ese tío? ¿Qué ocurrió? ¿Dónde se extravió? Aunque no lleve "La princesa y el saco" cuando llegue a casa me darán besos y estaré contento.

Al montarme en el autobús, me quedo dormido de inmediato. Un viaje corto, una hora más o menos. Me despierto al llegar a la estación. Me monto mecánicamente en el tren, un café muy rápido, hay poca gente. Un triste día de semana en una triste estación de paso. En el vagón no hay casi nadie. Todavía llevo en la mano el libro y el álbum. Guardo el libro en la pequeña maleta. Miro el álbum. En la primera página pone con letras de molde "Arqueología". ¿Arqueología? La siguiente página tiene tres fotos en blanco y negro. Mi padre está en una librería muy grande que no conozco. En la siguiente está en la puerta de Al-Andalus, la librería que había en la Plaza de la Universidad en Granada. Lo acompañé allí muchas veces. Abajo, en la última, está mirando atentamente una estantería, la foto está tomada desde fuera y mezcla la imagen de mi padre con la del reflejo del escaparate. Las demás páginas están llenas de fotos en otras ciudades y en otras librerías. Hay algunas con un pequeño texto: "Cuando compré la Araña Negra" o "Sender en Destino, Sevilla". Parece que llamaban "Arqueología" a los viajes de mi padre buscando libros. Mi madre las hacía cuando viajaban, la mayoría desde la calle. Nunca repiten librerías. Las primeras hojas en blanco y negro, luego en color, alguna polaroid. Las últimas parecen revelados de digitales. Mi madre le hacía fotos a mi padre en las librerías y las guardaba en un álbum que mantenían en secreto. Nunca lo enseñaron, nunca lo vi en casa. Supongo que fue una broma privada entre ellos. Una prueba irrefutable de que ella lo esperaba mientras él perdía el tiempo en las librerías. El fantasma de mi madre me dice que me lleve el álbum y que no lo mire en la casa. ¿Por qué? Pienso en las tribus que creen que en las fotografías se va un trozo del alma. Si fuera cierto me estaría llevando su alma a mi casa. Su recuerdo, el recuerdo de cuando fueron cómplices y felices.

CONVERSACIONES CON UN GRIFO

1.

Este grifo gotea. Lleva goteando desde que llegué aquí. Llevo cinco días sin beber y sin ver a Ana. Cinco días. Y el grifo gotea. ¿Cómo se arreglará un grifo? Encima del grifo está el espejo. Tiene manchas de óxido en los bordes. También está manchada la bañera. No recordaba la casa de mis padres así. La casa de Ana estaba impecable. Muebles nuevos, paredes y puertas blancas. Ikea. Luz. Ana.

Tengo que ir al médico. No me puedo quedar encerrado en esta casa. Mi madre no pregunta. Me cuenta cosas de cuando ella era joven. Se ha quedado a vivir en sus libros y en su infancia. Mi padre es un joven galán con el que habla por los pasillos de la casa y que le regaña cuando deja desordenados los libros por encima de las mesas, en la encimera del salón, en el balcón, entre las macetas.

¿Te dan la baja por dejar de beber? Tendrás que decir las palabras mágicas. Agacharte, poner cara de enfermo y aceptar públicamente que eres un desecho. Me niego. Todavía no he decidido qué es todo esto. Mírate, mírame. Ahí estás. Con cara de perro. No quiero la baja. Arreglar el grifo. Luego, lo demás.

2.

Una llave grifa para el grifo. Apretar. Vuelve a gotear un minuto después. Mi madre busca una edición del Quijote para enseñarme que ya no puede leer letras tan pequeñas. Quiere que le haga sopa otra vez. Es la única ventaja de que estés aquí: la sopa. Me gusta estar sola. Quédate y no hables. Haz sopa.

Pone ópera todo el rato en un viejo tocadiscos. No suena nada mal. Algunas canciones me hacen daño. Estoy en la otra habitación, con los cascos puestos y viendo basura en el portátil. No conecto internet. No hay mundo exterior. Luego saldré y preguntaré en la ferretería qué hay que hacer para arreglar el puto grifo. Con la llave no puedo.

3.

Mamá bebe vino en la cena y me ofrece. No quiero. Me mira y se calla. Sopa con vino. Sopa con nada. Me gustaría ver a Ana. Canta María Callas. Pienso en el libro que perdí la última tarde. Me animo y creo que si no vuelvo a beber merecerá la pena la pérdida. Quiero preguntarle a Mamá si ha leído Ana Karenina. No me atrevo. Voy al baño y el grifo gotea.

En la cama a oscuras, la ventana, tan alta que llega hasta el techo y con la verja de hierro forjado, deja entrar luz amarilla y algo de fresco. Se oyen las primeras voces de estudiantes que vuelven y salen por la noche. Me asomo y veo un grupo con bolsas de botellas. Todo el mundo bebe y cree que no pasa nada. La luz amarilla de la ventana y la voz de la Callas, Mamá lee en el salón. No quiero volver a la casa de Ana y ésta ya no es mi casa.

4.

Me despierto y enciendo el móvil. Lleva apagado desde el viernes. Hay llamadas perdidas de Ana y de algún número que no conozco. Antes, todas las llamadas del viernes. Estoy sudando y en el baño, el grifo gotea. En el espejo un tipo con el pelo mojado me recuerda que no tengo dónde caerme muerto. Vuelvo a la habitación y se oyen voces de alcohol en la calle. Intento dormir y no puedo. Repaso las llamadas perdidas, no quiero conectar internet, así no tengo que leer los mensajes. Mañana, hoy, llamaré a Ana. Apago el móvil.

Me he levantado temprano, he desayunado en San Juan de Dios y había todavía gente despierta desde anoche. Hoy no beberé, no iré a ningún bar al mediodía y no tomaré cañas. Es lunes, el viernes empezará a llamarme gente para que salga y beba con ellos. No. No. El rollo de siempre acabó.

5.

La edición de Ana Karenina de Alba. ¿La que compraste el viernes? Sí, por favor. El librero gordo y barbudo me está diciendo que la perdí. Creo que me mira mal, apenas si me conoce, él qué sabe. La pago y me siento estúpido. La he comprado dos veces en cinco días. Llamo a Ana para volver a regalárselo. Quiere quedar en un bar. No puedo.

Vuelvo a casa y apago el móvil. Ana estaba preocupada, quería verme, quería que volviera. Mi madre recita a Garcilaso a lo lejos. El sol entra por la ventana. La Karenina me mira desde la mesa y busca unas vías de tren. Sostengo el techo sobre la cabeza, me la tuerce, me acuesto. Demasiada luz. Me piden sopa desde el salón. No puedo levantarme.

6.

Enciendo el móvil y conecto los datos. Hay llamadas perdidas de Ana, cientos de mensajes, mil notificaciones de Facebook, un millón de correos electrónicos. Lo apago.

Abro la ventana y la luz dorada del barrio en el que me crie me resulta ofensiva. Tengo que recordar qué hacía cuando no bebía. Es la hora de salir. Durante tanto tiempo ésta era la hora de salir. Miro la mesa de la habitación que he ocupado y que antes era mía: Ana Karenina y un móvil apagado. Busco algo que leer. Mi madre suena a ópera. Cierro los ojos y me dejo llevar por la música. Quizás eso no esté tan mal. *Línea 1.* Es lo mismo.

7.

Salí a la calle, corriendo casi. Llegué a la ferretería y compré un plástico blanco y suave, teflón me dijo el dependiente que se llamaba. ¿Por qué no llamas a un fontanero? Lo tengo que hacer yo. Necesito hacerlo yo. El dependiente, un tipo larguirucho, con gafas de pasta, la cara estrecha y pinta de pringado, puso cara de entenderme. ¿Qué sabrás tú? Vuelvo corriendo y muy decidido. Tengo una llave grifa y teflón. Cierro llave de paso, desenrosco, teflón, aprieto, abro llave de paso, gotea.

8.

Suena el timbre y es Ana. Me escondo en el baño. Mi madre se hace la loca y la echa. Desde el baño la oigo contarle a mi padre, al fantasma de mi padre, que el niño la ha obligado a mentir. El móvil apagado, el libro de la Karenina, el goteo del grifo. Todo sigue igual que ayer.

9.

Sueño con mi padre, me dice que no beba, él no bebía. No es el anciano de los últimos años, es más joven, un poco mayor que yo ahora. Me habla como si fuera mi padre pero es casi como yo. Aparece mi madre, joven y muy guapa. Tonterías, bebe lo que quieras, todos hemos bebido y no ha pasado nada. ¿Sabes hacer sopa? Se comporta como si no me conociera, ajena y lejana. Mi padre me hace un gesto y se marcha. Me despierto sudando. El móvil está encendido y vibra.

10.

Las paredes de la habitación están vacías, no hay muebles más allá de la cama, una pequeña mesita y un armario empotrado que apenas se ve. Mi madre tiró todos los restos que dejé al irme. Pintó de blanco la pared y la dejó esterilizada, impecable por si alguien venía de visita. Las sábanas son de hilo, antiguas y muy agradables. La reja negra y la persiana verde. La luz de mi juventud. Miro atrás y veo tristeza, noches con alcohol, días con alcohol. Intento recordar momentos sobrios y no puedo. Dejé que beber se convirtiera en el acompañamiento de todo. En el manto que todo lo cubría, que daba y quitaba sentido.

11.

Llamaré al puto fontanero, seguro que lo arregla en un instante. Llamaré a Ana. ¿Qué le digo? ¿Cómo le explico? Conecto el móvil, obvio los mensajes sin mirarlos, busco información para arreglar el grifo. No encuentro nada. Unas gomas negras. Corro a la ferretería. El tipo de las gafas me pregunta cosas extrañas. No lo insulto. Imbécil. Puedo beber menos, no beber copas, puedo. Qué. Corro hasta el grifo. Llave de paso, aflojo, busco la goma, pongo la nueva, aprieto, no puedo, cambio la goma. Gotea. Aflojo, teflón, goma... ¡no gotea!

12.

Me despierto de madrugada. Veo luz al final del pasillo y no me atrevo a molestar a mi madre. Voy al baño y el grifo gotea. Mañana es el día. Tengo que ir a trabajar. ¿Cómo voy a salir de aquí?

13.

Me levanto, me ducho y me visto. Parezco un tipo normal, sin problemas, algo blancuzco y con algunas ojeras. No pienso en nada. Saldré y seré normal. Me comportaré como todos y tendré una vida normal con bares, risas y noches. ¿Sí? Recojo lentamente la ropa, Ana Karenina, el portátil, el móvil. ¿Volveré a casa de Ana? No puedo tomar decisiones, no quiero tomarlas. Quiero volver a acostarme y no salir de esta casa que ya no es mía. Sigo recogiendo, aparece mi madre, me da un beso y me dice que hago bien marchándome. Puedes venir a verme más y hacerme sopa. Sigo fingiendo y acabo de recoger. Voy al baño y me lavo la cara para que se me pase la congestión. Al salir, oigo como el grifo gotea.